arthur
e a guerra dos dois mundos

LUC BESSON

arthur
e a guerra dos dois mundos

Baseado na idéia original de
Céline Garcia

Tradução
Renée Eve Levié

martins
Martins Fontes

O original desta obra foi publicado com o título
ARTHUR ET LA GUERRE DES DEUX MONDES.
© 2005, INTERVISTA
All rights reserved
*Illustration Patrice Garcia. Tous droits réservés. D'après un univers de Patrice Garcia.
Création des décors et des personnages: Patrice Garcia, Philippe Rouchier, Georges
Bouchelaghem, Nicolas Fructus.*
© 2007, Livraria Martins Fontes Editora Ltda.,
São Paulo, para a presente edição.

Tradução
Renée Eve Levié

Preparação
Eliane Santoro

Revisão
*Thelma Babaoka
Simone Zaccarias*

Produção gráfica
Demétrio Zanin

**Dados Internacionais de Catalogação na Publicação (CIP)
(Câmara Brasileira do Livro, SP, Brasil)**

Besson, Luc
  Arthur e a guerra dos dois mundos / Luc Besson ; segundo uma idéia original de Céline Garcia ; tradução Renée Eve Levié ; [ilustração Patrice Garcia]. – São Paulo : Martins, 2007.

  Título original: Arthur et la guerre des deux mundos.
  ISBN 978-85-99102-39-8

  1. Literatura infanto-juvenil I. Garcia, Céline. II. Garcia, Patrice. III. Título.

06-6383   CDD-028.5

Índices para catálogo sistemático:
  1. Literatura infanto-juvenil   028.5
  2. Literatura juvenil   028.5

Todos os direitos desta edição para o Brasil reservados à
Livraria Martins Fontes Editora Ltda. *para o selo* **Martins**.
*Rua Prof. Laerte Ramos de Carvalho, 163
01325-030   São Paulo SP Brasil
Tel. (11) 3116.0000   Fax (11) 3115.1072
info@martinseditora.com.br
www.martinseditora.com.br*

volume 4

capítulo 1

O sol começava sua subida pacífica em direção ao zênite, e as brumas da manhã se dissipavam como suspiros que desapareciam na distância. A natureza que rodeava a casa de Arthur naquele cantinho do Paraíso continuava bela como sempre. Árvores tão retas como postes, folhas cheias e brilhantes, flores que explodiam em cores. Mas, se essa imagem era perfeita, o som deixava a desejar: não se ouvia um único ruído, nem mesmo os estalidos dos cem pés da centopéia. Até mestre rouxinol, o famoso professor de canto da família real, estava mudo. Desde que viera ao mundo, era a primeira vez que acompanhava o nascer do sol sem lhe dedicar algumas notas musicais.

Mas sabemos o motivo desse silêncio glacial: M., o Maldito, estava nas redondezas, e não havia nem um único animal, por menor que fosse, que não sentisse os maus eflúvios que esse personagem tenebroso espalhava. No meio daquele silêncio, porém, um barulhinho se esgueirava. Parecia passos desajeitados pipocando pelo chão. Mas que animal seria tão louco a ponto de arriscar uma caminhada em um momento como esse?

Ele precisaria ser cego e surdo, e estar tão gripado que não visse, ouvisse, nem cheirasse nada. Quem poderia ser tão tolo para aproximar-se assim, afastando as samambaias lentamente, e ser ao mesmo tempo tão barulhento como o rangido de um chão de tábuas corridas de uma casa mal-assombrada? Claro que só podia ser um homem, e, nesse caso, a raça humana enviara seu espécime mais fiel: o *Homo estupidus*, mais conhecido como "Francis".

– Arthur? – sussurrou o pai, separando duas samambaias, como se estivesse brincando de esconde-esconde. – Anda, pode sair. Papai não está zangado.

Era verdade que o pai de Arthur não estava zangado. Ele estava era muito preocupado. O menino desaparecera na noite anterior, quando Francis e sua mulher tinham certeza de que o filho dormia tranqüilamente no banco traseiro do carro. Arthur trocara de lugar com seu cachorro, Alfredo, como em um passe de mágica. Ninguém o vira mais, nem seu avô, Arquibaldo, nem sua avó, Margarida. Quanto à mãe, os óculos dela estavam tão arranhados por causa das aventuras do casal durante a travessia pelo pântano, que, se Arthur passasse na frente do nariz de sua mãe, ela certamente o confundiria com o cachorro.

– Você ganhou, Arthur! Pode sair! Papai está começando a ficar irritado – avisou Francis, elevando um pouco a voz.

Não se sabe se por causa do cansaço, ou da preocupação, mas Francis estava perdendo a paciência. O que não mudava muita coisa, porque a floresta permanecia muda.

– Se você aparecer agora, vai ganhar um pacote inteiro de marshmallow! – disse o pai de Arthur com voz aduladora para tornar sua proposta ainda mais atraente. – E vai poder comer tudinho até ficar com dor de barriga.

A intenção era tornar divertida a oferta, mas na floresta ninguém estava com vontade de brincar. No entanto, como a gula é uma fraqueza universal, parece que um animal resolveu aceitar, porque duas grandes samambaias tremeram ligeiramente. A esperança renasceu nos olhos do bom pai, e um sorriso começou a se formar em seu rosto.

– Ah! A barriga está roncando, é? Quem-quer-comer-um-pacote-inteiro-de-marshmallows? – perguntou Francis, como se tivesse esquecido que o filho não tinha mais três anos.

Aparentemente, o apelo da gula havia sido eficaz. A vegetação deu uma outra balançadinha. O filhinho parecia estar mais perto. A única coisa que preocupou Francis um pouco foi o som daqueles passos, que se aproximavam tão pesados como uma pedra.

O pai de Arthur ficou espantado. Ele tinha a sensação de que não via o filho fazia uma eternidade. Arthur poderia ter crescido, mas certamente não a ponto de calçar sapatos tamanho 52, pensou. O que o fez ficar ainda mais preocupado. Tomara que não tivesse acontecido nada ao seu filhinho e, como para espantar a má sorte, recomeçou a atraí-lo com sua voz melosa:

— Quem-é que-vai-ganhar-marshmallow?

O suspense não durou muito tempo. De repente, as duas samambaias se partiram ao meio, e um monstro de dois metros e quarenta centímetros de altura apareceu. Era Maltazard em pessoa.

— Eu! — cantarolou o Senhor das Tênebras, comprovando que se pode ser ignóbil e guloso ao mesmo tempo.

Instintivamente, Francis encheu os pulmões de ar e preparou-se para bater o recorde do grito mais inumano de todos os tempos. Mas o medo bloqueou as cordas vocais e, por mais que soprasse, nenhum som saía da boca entreaberta. Ele tentou mais uma vez, mas a respiração estava tão ofegante que ele não conseguiria nem apagar três velinhas de um bolo de aniversário.

Maltazard deu outro passo na direção do pai de Arthur e olhou-o de cima a baixo. Francis tremia tanto que todas as folhas em volta dele tremelicavam em um farfalhar quase musical. Se acrescentarmos o som do bater de dentes e o grito que ele não conseguia soltar, e que se transformara em um arquejo, não demoraria muito para ouvirmos um samba.

Maltazard, que sempre tivera um ouvido musical, não ficou indiferente a esse início de *fiesta*, e começou a balançar o corpo ao ritmo da música. Quando falamos do ouvido de Maltazard é claro que se trata apenas de uma metáfora, porque fazia muito tempo que aquele ser praticamente podre não tinha mais orelhas. O que não fazia nenhuma diferença para ele, que nunca dera ouvidos a ninguém.

– E então? E esses marshmallows? – impacientou-se o soberano.

Francis encheu-se de coragem e conseguiu gaguejar:

– Tá-tá... bem-bem – respondeu, parecendo uma cantora de música sertaneja.

– Tatá Bembém? Quem é essa fulana? – perguntou espantado o Maldito, começando a ferver de impaciência.

– Ah... lá! Ah... lá! – gaguejou Francis novamente, petrificado de medo.

– Alá? Esses tais de marshmallows estão com Alá? – quis saber Maltazard.

Francis balançou a cabeça energicamente, o que fez os dentes estalarem ainda mais.

– Não! Não! Marsh-marsh... mallow... lá... lá... em casa! Tá-tá... bem-bem... Já-já... vou-vou! – terminou de gaguejar, gesticulando tanto com os braços que eles quase deram um nó.

Maltazard parecia ter entendido... mais ou menos.

– Então, anda logo! A paciência é a única coisa à qual me permito colocar um limite.

E com um gesto mandou embora aquele pobre humano, que se tornara escravo do pavor. Francis assentiu com a cabeça. Seus dentes não paravam de bater, fazendo o mesmo barulho quando ele dizia sim e quando dizia não.

Francis saiu em disparada como um coelho para sua toca. Maltazard deu um risinho de satisfação. O ser humano era ainda mais fácil de ser manipulado do que ele imaginava. Até os seídas levavam mais tempo para serem domados. Mas ali bastava mostrar sua feiúra espantosa para que qualquer um se submetesse a ele. Ele nem precisava se dar ao trabalho de soltar um daqueles gritos horríveis cujo segredo só ele conhecia, ou ameaçar a vítima com unhas em garras, como faria uma águia. Sua simples presença era suficiente para um ser humano se derreter e virar um cordeirinho.

Ao pensar nisso, Maltazard permitiu-se abrir um sorriso naquele rosto horroroso. Mas era preciso conhecer Maltazard muito bem para saber que aquilo era um sorriso. Se um desconhecido visse aquela careta, ele na hora chamaria uma ambulância.

Maltazard olhou em volta, para aquele pedaço de floresta vazia e silenciosa. No entanto, a floresta não estava tão vazia assim: centenas de olhos espalhados aqui e ali escondiam-se nos menores recantos, observando com um friozinho na barriga aquele horror vindo do outro mundo. Maltazard pressentia-os mais do que os via, mas um mestre sabe que é constantemente observado de qualquer forma. Aliás, é exatamente essa sua função: ser o centro e foco de todas as atenções, como um farol no meio da noite a guiar os pobres marinheiros perdidos.

O soberano ampliou o sorriso para aquela platéia que ele pressentia ao redor. Todos aguardavam ansiosos seu próximo gesto, como se o primeiro movimento fosse deixar claras suas intenções.

Se ele fosse um extraterrestre, a situação não teria sido diferente, e todos se perguntariam: será que ele veio em paz para compartilhar nossas alegrias e infelicidades, ou será que desembarcou como um conquistador para saquear nossas riquezas? Cada um se sentia refém daquele gesto que não se manifestava, daquela declaração de guerra, ou de paz, que teria enorme impacto sobre suas vidas, de uma forma ou de outra.

Mas nada de manifestação. Maltazard limitava-se a observar e sorrir como se quisesse usufruir melhor a calmaria antes da chegada da tempestade. Para um homem tão perverso como ele, a espera era a mais refinada das torturas. Os dentes de dezenas de roedores começaram a chocalhar, os bicos de centenas de pássaros a se entrechocar, e os cem joelhos das centopéias a tremer.

Maltazard inspirou profundamente, e todos prenderam a respiração. Depois de alguns segundos de um suspense insuportável, o soberano soltou um...

– ... buuuu!

O som era tão fraquinho que chegava a ser ridículo, mas assustou a floresta inteira. Todos começaram a correr, a confusão era total. Os pássaros caíam em cima das maçãs, as centopéias subiam nas árvores, os esquilos se chocavam com os coelhos na entrada do mundo das tocas. Em resumo: o pânico foi geral. Maltazard não teria obtido um resultado melhor se tivesse dado um tiro de canhão. O Senhor das Tênebras começou a gargalhar às golfadas e sacudidelas. Um riso poderoso, que invadiu a floresta e as colinas ao redor, e fez todo mundo tremer como se fosse o prenúncio de um vento glacial.

Aquele riso tão poderoso, melodioso como um desmoronamento de terra, acordou Arquibaldo. O famoso avô de Arthur adormecera em sua poltrona, bem no meio da sala de estar. Ele não dormira nada durante a noite. Como poderia, sabendo que o neto desaparecera para sempre no fundo de seu jardim?

Arquibaldo trouxera do sótão as obras de que dispunha sobre o mundo dos minimoys e começara a ler pouco depois das oito horas da noite para tentar encontrar alguma pista. Margarida levara para o marido uma xícara com café fresco em intervalos regulares até as duas da manhã. Depois, a pobre mulher fora se deitar no quarto, exausta. Arquibaldo continuara acordado, relendo todos os livros para tentar descobrir uma solução para o problema. Porém, suas pesquisas foram infrutíferas, e por volta das cinco da manhã ele também adormecera, sem esperar pelo canto do galo. Ele estava tão exausto que caíra imediatamente em um sono profundo, e nada, nem ninguém, teria sido capaz de acordá-lo. Exceto, é claro, aquela gargalhada atroz de Maltazard, que, como todos sabem, acordaria até um morto – embora sua especialidade fosse mandar os outros para o sono eterno.

Arquibaldo acordou com um sobressalto, como também acordaram sobressaltados todos os esquilos, e deu três voltas ao redor da poltrona até perceber que estava no meio da sala. Ele aos poucos voltou à realidade e franziu os olhos ligeiramente para tentar conseguir localizar melhor a origem daquele barulho inumano. Não deixa de ser divertido perceber que, muitas vezes, quando franzimos os olhos, isso ajuda a espichar as orelhas. Aqui há uma ligação muito misteriosa que funciona nos dois sentidos, porque, quando levamos um puxão de orelha, também franzimos os olhos.

Bem, então Arquibaldo espichou as orelhas e perguntou-se quem estaria cortando o pescoço de alguém de manhã tão cedo. Ele espichou as orelhas ainda mais e pensou que até os gritos de um porco sendo degolado deviam ser mais melodiosos. Aquele som era mais gélido, mais horrível, mais perturbador e, ao mesmo tempo, tão poderoso que derrubara um quadro que estava pendurado na parede. Agora, a fotografia da família estava caída no chão, coberta de cacos de vidro. O avô de Arthur pegou delicadamente a velha fotografia amarelada pelo tempo. Nela, Arthur e os avós sorriam para a vida, para a felicidade. Era a lembrança de uma época despreocupada, quando os três ainda estavam juntos, aproveitando o sol e o momento presente como se todas as nuvens tivessem deixado o planeta para sempre. Havia tanta felicidade e alegria de viver naquela fotografia, que qualquer infelicidade ficaria desencorajada logo de cara. Mas a infelicidade é paciente e encontrara um aliado que a apoiava durante suas campanhas nefastas: o tempo. Isso mesmo. O tempo sempre corrói a felicidade e faz o jogo da infelicidade. O tempo afasta as pessoas, amarela as fotografias, enruga os rostos.

Arquibaldo deixou escapar uma pequena lágrima, que deslizou suavemente pela face. Como ele gostaria de voltar atrás nesse tempo que escorregava entre seus dedos e reencontrar aquela época maravilhosa quando a felicidade se amontoava pelos quatro cantos da casa! Mas o tempo é como uma imagem que voa ao vento e que não se consegue agarrar jamais.

Ele soltou um profundo suspiro e colocou a fotografia cuidadosamente em cima da cômoda. A gargalhada desaparecera. Mas ele ouviu outro barulho estranho que vinha do saibro espalhado no chão do pátio que ficava na frente da casa. Um barulho muito estranho, uma mistura de sons. Era impossível saber se era um cachorro ofegante, um carro com um pneu furado ou um radiador pingando. A menos que fosse um cachorro pingando no radiador de um carro com o pneu furado.

Arquibaldo decidiu verificar o que era e abriu a porta. Era Francis, com as roupas todas desalinhadas, atravessando o jardim na direção do sogro. O genro respirava como um cachorro, soltava fumaça como um radiador e mancava como um carro em cima de três rodas. O avô de Arthur não estivera tão errado assim, afinal.

Sem forças para chegar até a casa, Francis deixou-se cair em cima do primeiro banco que encontrou na frente da varanda. Arquibaldo ficou imediatamente preocupado, e não era para menos, diante do estado deplorável em que se encontrava o coitado do genro. Ele estaria em melhor forma se tivesse participado de uma partida de futebol contra um time de elefantes.

– Que diabos aconteceu, meu bom Francis? – perguntou Arquibaldo, apoiando a mão cuidadosamente no ombro do genro.

O pobre homem sacudiu a cabeça negativamente, como se discordasse da resposta de Arquibaldo, que apenas fizera uma pergunta.

– Sim... é isso!! – disse Francis, ainda em choque com o que vira.

– É isso... o quê? – perguntou Arquibaldo bem devagar, como se estivesse conversando com uma criança que não falava sua língua.

– ... o diabo... eu vi o diabo! – respondeu Francis, com o rosto totalmente contorcido, os olhos revirados para uma órbita distante.

Arquibaldo não precisava de nenhuma outra explicação. Ele conhecia a única coisa na face da Terra que correspondia àquela descrição: Maltazard.

O avô de Arthur suspirou e sentou no banco também. Aquelas duas notícias, uma atrás da outra, já eram o suficiente para derrubar aquele homem idoso. A primeira era que M., o Maldito, estava definitivamente entre eles e que havia pouca possibilidade que tivesse vindo para fazer compras. A segunda referia-se a Arthur e era conseqüência da primeira. Se Maltazard havia utilizado o raio do passador, isso significava que o jovem Arthur estava preso no mundo dos minimoys, comprimido dentro de um corpo de dois milímetros de onde era impossível escapar.

    Arquibaldo sentiu um arrepio na espinha, e não era a brisa quente do verão que o fazia arrepiar-se assim, mas um pensamento glacial, tão gelado como a noite, um pensamento que ele não conseguia afastar, uma equação que ele não conseguia resolver: como ajudar Arthur?

capítulo 2

Por coincidência, Arthur também estava sentado em cima de um banco, exatamente como Arquibaldo. Porém, enquanto um estava ao lado de Francis, o outro estava ao lado de Betamecha. A principal diferença entre os dois era que o banco de Arthur media apenas alguns milímetros. Na verdade, era um pedacinho de fósforo. Esse banco era bastante conhecido dos minimoys. Como estava muito bem situado, costumava servir de ponto de encontro. O banco ficava do lado da grande praça da aldeia, na encruzilhada da avenida que levava à Porta Norte, a famosa entrada onde todas as grandes viagens tinham início.

Arthur e Betamecha pareciam tão deprimidos como Arquibaldo e Francis. E não era para menos! A passagem de Maltazard pela aldeia deixara todos traumatizados, e Betamecha ainda tremia só de pensar. Arthur suspirou ao lembrar-se de Selenia, prisioneira das garras de Maltazard, com a faca apontada para a garganta. Por sorte, aquela história terrível acabara bem. Selenia sofrera apenas um pequeno arranhão; o rei, uma boa humilhação passageira, e o povo, um grande susto.

Mas essas lembranças tranqüilizadoras não resolviam os problemas atuais: como Arthur iria recuperar seu tamanho normal e, principalmente, quem iria impedir que Maltazard realizasse seu terrível objetivo? Sentados no pedacinho de fósforo, nossos dois compadres suspiravam fazia quase uma hora, e as respostas não vinham.

— Esse banco é muito confortável, você não acha? – perguntou Betamecha para quebrar o silêncio.

Arthur olhou para ele como se fosse uma vaca parada na frente de uma cédula de voto. Como Betamecha podia falar de conforto em um momento como aquele? E, principalmente, considerando aquele pedacinho de fósforo tão duro como granito?

— Se você experimentasse os sofás da vovó, você saberia o que a palavra "conforto" quer dizer. Eles são tão macios que vovô não consegue sentar neles sem cair no sono – respondeu Arthur.

— É exatamente o que eu preciso para minha sala – respondeu Betamecha com um sorriso guloso.

Arthur ficou muito triste ao se lembrar de sua casa. Ele sonhara durante tantos meses diante da imagem de Selenia desenhada no livro do avô, implorara tanto aos céus durante noites a fio para lhe conceder o privilégio de voltar um dia para o mundo maravilhoso dos minimoys, e agora que estava ali para sempre ele percebia como sentia falta de seu mundo: o quartinho com sua bagunça alegre, mas sabiamente organizada; a escada, em que cada degrau tinha um rangido diferente, como teclas de um piano gigantesco. Arthur passara horas dançando naqueles degraus, compondo novas melodias. O piano não fizera falta. Arthur inventara um.

Havia também a sala de estar, tão acolhedora. Sua avó fizera em crochê todas as cortinas das janelas, que enchiam o aposento de uma luz extraordinária, ao mesmo tempo suave e elegante. Elas tinham outra particularidade, de que Arthur gostava ainda mais: a luz que passava pela trama das cortinas formava desenhos maravilhosos no chão, e o jogo de luz e sombra enriquecia o grande tapete um pouco gasto pelas viagens e desbotado pelo tempo. As grandes rosáceas que a luz criava no chão transformavam-se em uma malha rodoviária, e Arthur passava horas empurrando seus carrinhos por aquelas incríveis curvas desenhadas pela luz e pelas cortinas.

Arthur usava a casa inteira para suas brincadeiras. A cômoda se transformava em uma montanha sagrada; a geladeira era o Pólo Norte, e o jardim, que também era o lugar favorito do *yeti*, o abominável homem das neves – um papel que Alfredo-o-cão desempenhava sempre com grande brilhantismo –, representava a Amazônia.

Uma pequena lágrima rolou pela face de Arthur. Lembrar-se da casa assim fazia-o se sentir muito triste e quase lamentar essa aventura. Muitas vezes, a gente só percebe que gosta das coisas quando se separa delas. Elas estão ali o ano inteiro, bem na frente do nosso nariz, e não prestamos atenção a elas. A gente mal diz bom dia para o papai, dá um beijinho corrido na mamãe, e quase nem olhamos mais para os brinquedos porque já os consideramos velhos depois de duas semanas. Um dia partimos para bem longe, um dia achamos que nunca mais veremos nada disso, e então percebemos como sentimos falta de tudo. Arthur lamentou não ter aproveitado mais todas aquelas pequenas alegrias, não ter dito mais vezes aos pais o quanto os amava, como era bom estar ao lado deles.

No Grande Livro dos minimoys, há um ditado que resume perfeitamente esse sentimento. Trata-se do artigo 175, que podemos ler na página de mesmo número: "Às vezes é preciso parar e olhar para longe para enxergar o que está perto de nós".

Arthur concordava com o ditado. Ele, que sempre desejara tanto estar em outro lugar, terminara longe de sua vida, longe da felicidade que as pessoas sempre imaginam estar mais além quando muitas vezes está tão perto.

Ele suspirou profundamente, quase ao mesmo tempo que Betamecha. Os dois compadres por certo não estavam em boa forma, pois pareciam dois velhinhos encurvados sentados naquele banco.

– Vocês não vão ficar aí gemendo como dois malamutes esperando a lua cheia! – recriminou-os uma vozinha tão repentina e decidida como um trovão.

Claro que era Selenia. Ela, sim, estava em plena forma como sempre, como se a adversidade fosse seu combustível. Assim que sabia de um problema, uma injustiça, ou uma verdadeira catástrofe, a princesinha se aprumava toda e começava a espernear como um vermezinho atrás de uma maçã.

– O que é um malamute? – perguntou Arthur baixinho para Betamecha, enquanto observava Selenia, que não parava de caminhar de um lado para o outro.

Betamecha não sabia o que responder. Como descrever em poucas palavras aquele animal tão complicado? O malamute vivia na Segunda Terra, nas planícies de Lalonche-Lalonche. De porte médio e pelagem macia, ele tinha dois grandes olhos azuis um pouco tristes, que sempre pareciam cansados. Os malamutes viviam em família e passavam os dias lambendo-se uns aos outros para prevenir ou eliminar os parasitas; pastavam um pouco e iam dormir junto com o Sol. Mas durante quinze dias de cada mês eles dormiam menos: assim que a Lua aparecia no céu estrelado, toda a família malamute acordava, sentava nas patas traseiras e levantava a cabeça na direção do astro luminoso. Ficavam nessa posição durante horas, noites inteiras, todos os anos, como se quisessem desvendar o segredo daquele círculo tão claro. Qualquer outra criatura que ficasse tanto tempo olhando para a Lua já o teria descoberto muito tempo antes, mas os malamutes eram famosos não apenas por causa do olhar tristonho, mas também por seu cérebro minúsculo, e eles não estavam nem perto de descobrir o segredo da lua cheia.

– Digamos que não é um dos animais mais inteligentes e que a comparação não é um elogio – resumiu Betamecha, lançando um olhar tenebroso para Selenia.

Mas a princesa não estava nem aí para aquele olhar porque naquele instante ela também estava envolta em uma melancolia sombria. Ela também não dormiria enquanto não tivesse resolvido seu problema, mas longe de nós querermos chamá-la de malamute.

– Tem que haver uma solução! Sempre há uma solução! – resmungou, batendo o pé no chão.

– "Quando não há solução é porque não existe um problema." Artigo 202 do Grande Livro – recitou Betamecha, contentíssimo de poder mostrar seus conhecimentos.

Selenia parou de andar, voltou-se para Arthur e disse:

– Precisamos reunir o Conselho, tirar a espada da rocha e agarrar aquele infeliz do M. antes que ele nos faça mal novamente.

– Selenia, estou pronto para partir outra vez para uma aventura. Mas é bem provável que a esta hora M., o Maldito, já esteja com dois metros de altura, e nós medimos apenas dois milímetros! – lembrou Arthur com uma ponta de bom senso.

– Dois metros, dois milímetros, que diferença faz? A bravura de um combatente não é medida em centímetros! – revidou a princesa, com muita dignidade.

– E a burrice é medida como? Pela quantidade de agradecimentos que serão gravados no seu túmulo? – respondeu Arthur, irritado com a própria impotência. – Dois metros, Selenia! Você nem faz idéia do que isso significa! Sua espada, apesar de todos os poderes que ela tem, não passará de um palito de dentes quando ele a segurar entre suas garras!

— Olhe, Arthur, se você acha que só porque eu sou baixinha isso vai me impedir de lutar, você está muito enganado! Sou uma princesa de sangue real e defenderei meu reino até meu último suspiro — retrucou Selenia fervorosamente.

— Você deveria guardar seu discurso para o Grande Conselho — intrometeu-se Betamecha, sempre irônico.

Selenia olhou para ele uns instantes, depois ficou pensativa, como se estivesse procurando alguma coisa no fundo da memória.

— Diga-me uma coisa, Betamecha, já faz algum tempo que não estrangulo você, não é mesmo?

Arthur intrometeu-se imediatamente entre eles:

— Mas, com certeza, vocês se estrangularem não é a solução!

— Então qual é a solução, senhor-sabe-tudo? — perguntou a princesinha à beira de um ataque de nervos, elevando a voz.

Arthur aproximou-se dela, colocou as mãos delicadamente em seus ombros e obrigou-a a se sentar.

— Só precisamos refletir com um pouco mais de calma. A ação sempre aparece depois de uma reflexão — aconselhou Arthur sabiamente, esfregando as têmporas como se quisesse estimular o cérebro. — Vamos fazer um resumo da situação: M. é grande, nós somos pequenos. Um ponto para ele. Ele está num mundo que não conhece, mas que eu conheço muito bem. Um ponto para nós...

— Se eu conheço M., ele não vai demorar a formar um exército e invadir seu país — comentou Selenia, ao que Betamecha acrescentou:

— Ele só demorou uma lua para invadir as Sete Terras, e na época ele só media três milímetros!

— Esse é um fator que precisamos levar em consideração. Mais um ponto para ele — concordou Arthur, muito concentrado. — Precisamos crescer depressa e encolher M. antes que ele entre em ação.

— Bravo! Fantástico! Isso é o que eu chamo de um resumo perfeito da situação. E o que você pretende fazer? Engolir centenas de sopas de seleniela para ganhar um milímetro o mais depressa possível?

Arthur sabia muito bem que sopa fazia crescer, e talvez a de seleniela mais do que todas as outras, mas a solução não viria por aí. Ele tinha certeza de que ela estava em outro lugar e começou a vasculhar sua memória em todos os sentidos para encontrar essa idéia, que ele tinha certeza estar escondida em algum lugar do fundo de seu cérebro. Infelizmente, sua memória parecia estar tão desarrumada como seu quarto, e ele não conseguiu encontrar o que procurava. Mas Arthur não era o único que não arrumava o quarto.

Arquibaldo, seu avô, não era propriamente um bom exemplo nesse assunto. Não havia lugar mais bagunçado do que seu sótão. E, se sua memória fosse igual àquele sótão, Arquibaldo não conseguiria se lembrar nem do próprio nome.

Apenas os livros estavam bem ordenados e alinhados nas prateleiras, bem acima da escrivaninha.

– Os livros! – gritou Arthur de repente.

Betamecha levou um susto tão grande que instintivamente se pendurou no pescoço da irmã.

– Que livros? – perguntou a princesa.

– Os livros do meu avô Arquibaldo!

– Você acha que nos livros vamos encontrar uma receita para crescer? – perguntou Betamecha, espantado.

– Não! A receita está no meio dos livros! – exclamou Arthur, que acabara de encontrar o pedacinho de memória que estava procurando.

No início desta aventura, antes de ir se encontrar com os minimoys, Arthur estava sentado à escrivaninha do avô. Era noite de lua cheia. Muito nervoso, ele aguardava que desse meia-noite para passar pelo raio e ir ao encontro de sua amada. Como estava muito impaciente, ele havia consultado o Grande Livro de Arquibaldo pela décima vez naquele dia. A página 57 era a única que o interessava, aquela onde o avô desenhara um retrato da princesa Selenia.

Arthur podia ficar horas olhando para o desenho, acariciando os contornos. Quando chegara a hora do jantar, ele fechara o livro cuidadosamente e, no instante em que ia recolocá-lo no lugar, vira aquele pequeno frasco.

Na etiqueta havia uma ilustração que não deixava nenhuma dúvida quanto ao efeito do produto dentro do frasco: o desenho de um menininho que caminhava e que, quatro desenhos depois, ficava muito grande.

– Você tem certeza de que esse produto fará você crescer, e não encolher? – perguntou Selenia, não sem razão.

– É verdade, é melhor ter certeza – concordou Betamecha. – Eu sou o menorzinho da turma e não tenho a mínima vontade de ficar abaixo do limite de um milímetro!

– Acho que funciona nos dois sentidos – respondeu Arthur. – Ele transforma as pessoas grandes em pequenas, e as pequenas ficam do tamanho humano.

– O que você quer dizer com "tamanho humano"? – perguntou imediatamente a princesa, indignada. – Não somos humanos o suficiente para seu gosto?

Arthur começou a rodopiar os braços enquanto tentava encontrar uma desculpa.

– Não é nada disso! Você é a mais humana de todos os humanos que eu já conheci! Quer dizer... não é porque você seja desse tamanhinho que...

– Ah! Agora eu sou "desse tamanhinho"! – exclamou Selenia, começando a ficar toda vermelha.

– Não, claro que não! Você é linda! Quer dizer... enorme! – Arthur não sabia mais como sair daquela enrascada e se confundia cada vez mais nas explicações. – O que eu quero dizer é que eu tenho certeza de que aquele produto vai nos deixar com uma altura suficiente para enfrentar M. de igual para igual – disse finalmente.

Selenia olhou-o como se avaliasse a situação e a solução que ele acabara de propor.

– Está bem. Vamos! – ordenou, e começando a se dirigir para o palácio real.

– Vamos... aonde? – perguntou Arthur, achando que devia ter perdido um pedaço da história.

– Ora, reunir o Conselho, tirar a espada da rocha, subir até o escritório de seu avô, beber a poção do frasco e dar uma bela de uma bofetada naquele Maltazard dos infernos! – respondeu a princesa de uma vez só.

Betamecha levou um susto quando ouviu aquele nome proibido, que trazia tanta infelicidade. Selenia deu de ombros.

– A esta altura não vejo que outra infelicidade pior poderia nos atingir.

A princesa mal terminara a frase quando um ronco surdo começou a se aproximar. Toda a estrada de pedra da aldeia vibrou, e uma chuva fina, vinda da terra, começou a cair do teto.

Selenia ergueu os olhos para a abóbada que protegia a aldeia e perguntou:

– Mas o que diabos estará acontecendo na superfície?

capítulo 3

Um grande carro da polícia acabara de passar por cima do cascalho na frente da escadaria da casa. As vibrações do motor poderoso de doze cilindros haviam sido sentidas até no país dos minimoys.

O chefe de polícia, tenente Martim Baltimore, desligou o motor e colocou o quepe na cabeça antes de sair do carro. O tenente era muito meticuloso e seguia as regras à risca quando estava de serviço. Ele ajeitou a gravata, verificou se o distintivo da polícia estava bem enganchado, ajustou um pouco o cinto, que tilintava de acessórios, e dirigiu-se para a porta da entrada.

Ele puxou a correntinha do sino, que tocou imediatamente. Seu colega o seguia um pouco atrás. Muito mais jovem do que ele, Simão só estava na polícia fazia um ano e ainda não adquirira todos os reflexos de um policial.

– Ai! – exclamou ao tropeçar no degrau, conseguindo segurar no corrimão a tempo. – Quase caí – acrescentou, rindo bobamente.

– Simão, o distintivo! – disparou o tenente.

O rapaz olhou para a camisa e viu a insígnia meio coberta pela aba do bolso. Ele a ajeitou o melhor que pôde, mas era evidente que pendurara o distintivo no lugar errado.

– O distintivo deve ficar quatro dedos abaixo do bolso esquerdo, rapaz. Não em outro lugar! – recriminou-o o tenente Martim, que tinha uma longa experiência no assunto.

– Ah! Obrigado pela dica! – respondeu Simão, tirando a insígnia e obedecendo à ordem.

Mas Simão era muito desajeitado, e o distintivo escapou de suas mãos. Martim suspirou e levantou os olhos para o céu. Simão murmurou umas desculpas incompreensíveis, deu dois passos para frente e abaixou-se para apanhar o objeto. Ele ficou na posição perfeita para receber a porta bem no meio da cara. Bum! Crac! O barulho foi enorme, e o estalido muito desagradável. (É melhor imaginar que tenha sido a madeira da porta que estalou, porque se foi o nariz do oficial não sobrará muita coisa para assoar.) O choque foi tão violento que o pobre coitado recuou alguns passos, o número necessário para perder o equilíbrio nos degraus da escada da varanda. Simão deu um grito e voou pelos ares com uma pirueta impressionante – uma pirueta que lhe teria valido dez pontos nos campeonatos mundiais de ginástica acrobática. Ele embaralhou as pernas e os braços, e o distintivo voou longe também. Finalmente, como um avião em pane, Simão aterrissou no meio de um pequeno canteiro de flores coloridas, que certamente não estava ali para esse fim.

Arquibaldo empurrou a porta um pouco mais para fora e deparou com o tenente.

— Ah! Martim! Obrigado por ter vindo tão rápido — cumprimentou-o com um aperto de mão.

Foi então que viu aquela forma que se debatia no meio das margaridas. Ele ajustou os óculos, achando muito pouco provável que uma toupeira pudesse atingir um tamanho tão descomunal. Óculos ajustados e reflexão feita, Arquibaldo percebeu que não era um animal, mas um policial todo enrolado, que usava uma camisa com motivos de flores.

Muito sem jeito com aquela situação, Martim explicou:

— É Simão, meu novo colega. Não o leve a mal, ele ainda é muito jovem. Ele está aprendendo.

— É mesmo? E agora ele está aprendendo a subir degraus? — perguntou o avô de Arthur com uma ponta de humor.

— É um pouco por aí — respondeu Martim com um suspiro.

Arquibaldo deu-lhe um tapinha no ombro para reconfortá-lo.

— Me avise no dia em que ele for aprender a atirar. Vou aproveitar para tirar umas férias e ir para bem longe — cochichou no ouvido do tenente.

Mas Martim não teve vontade de rir, e sim de chorar, pois viu Simão de quatro no chão, dando voltas sobre si mesmo.

– Simão! Um pouco de dignidade, por favor! – reclamou seu superior.

Simão continuou dando voltas como um cão atrás do rabo.

– Perdi meu distintivo! – lamentou-se, angustiado com as conseqüências que uma perda dessas poderia acarretar para ele.

– Entre, Martim. Temos coisas muito importantes para conversar – disse Arquibaldo, puxando o tenente para dentro de casa.

O tenente entrou a contragosto. Ele não gostava de deixar suas tropas para trás.

– Não se preocupe com ele. O distintivo não pode estar muito longe, ele vai acabar encontrando.

Martim concordou e deixou-se levar para a sala de estar.

Enquanto o jovem oficial continuava no meio das margaridas, Rosa, a mãe de Arthur, estava bem no meio do preparo de uma limonada. O nome lhe caía muito bem, porque ela sempre usava um vestidinho florido e sorria o tempo todo, igual ao primeiro dia da primavera. Só que essa Rosa não corria o risco de murchar, porque fazia cinco minutos que ela mantinha o dedo debaixo da torneira como se fosse uma haste. Mas o que Rosa estaria fazendo com o dedo na água?

Vamos voltar um pouco atrás para entender melhor o que está acontecendo.

Rosa sempre ficava muito agitada quando recebia visitas. Então, depois de cumprimentar Martim, ela lhe ofereceu muito cortesmente uma limonada. Considerando o calor que fazia naquele fim de verão, ela tinha quase certeza de ter feito a coisa certa. Martim aceitara com prazer. Rosa saiu apressada para a cozinha, o que era o prenúncio de uma catástrofe, pois sabemos o quanto Rosa é desastrada. Claro que ela quis tirar todos os limões da cesta ao mesmo tempo, e eles caíram no chão. Quando foi apanhá-los, ela se chocou contra os armários da cozinha.

Este era o problema de Rosa: ela sempre era vítima do próprio entusiasmo.

Um dia, no ano anterior, ela fora visitar a coitada da tia Bernadete, já muito velhinha para sair de casa. O inverno havia sido rigoroso e, sempre muito atenciosa, Rosa se oferecera para fazer compras para a tia. Um mês depois, não havia um único objeto que não estivesse quebrado na casa da tia Bernadete Mas isso não passava de um mero detalhe se comparado ao desastre principal: Rosa incendiara a casa. Três vezes. É verdade que fazia muito frio, mas isso não significava que ela precisava colocar fogo na casa. Aquela foi a única vez que a coitada da tia Bernadete queixou-se de que estava com calor.

– Você não acha que está um pouco quente? – perguntou a velha tia, no meio das chamas.

Rosa abriu a janela imediatamente, e o golpe de vento atiçou o fogaréu ainda mais. A casa queimou em menos de uma hora. Foi uma sorte a velha Bernadete ser cega e não presenciar o desastre. De qualquer forma, mesmo se pudesse enxergar, não havia muito o que ver.

Mas voltemos aos nossos limões.

Rosa estava na cozinha, com uma faca na mão. Até parecia *trailer* de filme de terror. Ela colocou o limão na palma da mão pela quinta vez e fez questão de caprichar na hora de apoiar a faca em cima. É muito fácil saber quando Rosa capricha em alguma coisa: um pedacinho da língua sempre espia para fora da boca. A faca, que não estava bem amolada, não sabia o que fazer em cima daquela casca de limão tão esticada e muito lisa que, é claro, não tinha nenhuma vontade de se deixar cortar. Mas Rosa estava decididíssima. Ela tinha oferecido limonada para todos, e não seria um mero limão que estragaria seus planos. Ela golpeou o limão com força, e um belo espirro foi parar direto dentro dos seus olhos. Rosa franziu os olhos e começou a tatear em volta à procura de um pano. Pronto. Ela encontrou. Na verdade, era uma ponta da cortina que ficara presa na janela quando ela a fechara cinco minutos antes. Rosa puxou o que ela achava que deveria ser um pano de cozinha sem conseguir entender por que não conseguia aproximá-lo do rosto. Como não lhe faltava senso prático, ela empurrou um banquinho e subiu para pegar o pano de cozinha e limpar os olhos. Para chegar lá, ela se apoiou na torneira da pia, que, é claro, não agüentou o peso, porque não havia sido fabricada para servir de muleta.

Um jato de água fortíssimo espirrou por toda a cozinha. Um jato de água muito bonito, porém nada prático no meio de uma cozinha. Rosa enxugou o rosto, constatou, horrorizada, o estrago e apanhou correndo o balde que ficava debaixo da pia da cozinha. Na pressa, derrubou alguns produtos de limpeza cujas tampas não estavam bem fechadas e que só estavam esperando para sair e espalhar-se pelo chão.

Então Rosa posicionou o balde para que o jato de água caísse diretamente dentro dele. Isso realmente foi uma boa solução, mas apenas durante quinze segundos, porque não era necessário ter freqüentado uma faculdade de engenharia para saber que o balde logo ficaria cheio.

Rosa começou a caminhar em círculos para tentar encontrar uma outra saída. Abriu um dos armários, parou alguns segundos na frente da lata de massa de tomate e concluiu que aquilo não teria nenhuma utilidade. Procurou em todos os armários. Seus gestos começaram a ficar cada vez mais desordenados. E o verdadeiro desastre acabou acontecendo, como uma seqüência lógica, uma espécie de demonstração evidente. Rosa derrubou o liquidificador, que ela havia esquecido de desligar da tomada. O liquidificador caiu no chão em meio a um feixe de faíscas que estalavam e dançavam no assoalho viscoso e, principalmente, inflamável. Os produtos de limpeza pegaram fogo imediatamente, e uma verdadeira maré de chamas espalhou-se pela cozinha. Rosa começou a rodopiar ainda mais rápido, desta vez colocando as mãos em cima da cabeça. A limonada ia atrasar.

De repente, Rosa teve uma idéia brilhante: ela esvaziaria o balde, que já transbordava de água. Ela o pegou e jogou o conteúdo por cima da camada de fogo, que se apagou imediatamente. Em seguida, com uma pontinha de orgulho, recolocou o balde debaixo do gêiser. Normalmente, em casos assim, ela sempre precisava chamar os bombeiros – o que não dava muito certo porque, em geral, levando em conta o tempo que demorava para avisá-los, e até aqueles corajosos voluntários chegarem, não sobrava mais nada para queimar, portanto, nada mais para apagar. Isso tornava mais compreensível seu orgulho por ter, sozinha, salvado a cozinha do incêndio. No entanto, a cozinha não estava a salvo de uma inundação, porque, como era previsível, o balde enchera novamente, e Rosa estava novamente perdida. Ela tinha esse problema desde a escola. Nunca conseguira resolver aquelas equações de vasos que se enchiam, se comunicavam, ou estavam meio vazios, ou meio cheios. Para ela havia apenas uma torneira: quando aberta, a água jorrava.

– O resto é grego! – dizia muitas vezes para evitar qualquer discussão.

Também não se podia contar com ela quando um carro enguiçava. Antes de conseguir dar uma olhada no motor, ela precisava encontrar o botão que abria o capô, o que era uma missão impossível. De qualquer forma, como funcionavam os carros era um mistério para Rosa, e ela nunca ousara perguntar ao marido onde ficava aquele famoso motor. Além disso, quando o marido abria o porta-malas para colocar a bagagem, ela jamais vira nem um vestígio do motor. Aliás, ela também não entendia por que havia uma quinta roda no porta-malas se ela não servia para nada, já que não rodava.

Mas todas essas perguntas sem resposta podiam esperar, porque o balde estava cheio novamente, e ela precisava encontrar uma solução imediata, ou então começar a gritar por socorro. O jeito com que Rosa encheu os pulmões dava a nítida impressão de que ela optara pela segunda possibilidade.

E quem pagou o pato foi Arquibaldo, porque Rosa gritou diretamente nos tímpanos dele. Não que o fizesse de propósito, mas ela sempre gritava de olhos fechados, principalmente quando se tratava de "Socorro!". Por isso ela não vira o pai entrar na cozinha.

– Eu sei que sou um pouco velho, mas não sou surdo! – reclamou o homem idoso, esfregando a orelha.

Rosa gaguejou umas desculpas e tentou organizar algumas palavras para explicar o que estava acontecendo. Mas Arquibaldo não precisava de nenhuma explicação: a situação era claríssima. Ele foi correndo até a pia da cozinha, fechou o registro geral, e o gêiser parou de jorrar quase imediatamente. Depois, pegou o bico da torneira no fundo da pia, atarraxou-o novamente no lugar, apanhou o balde, esvaziou-o dentro da pia, abriu a torneira e observou a saída de água. Tudo normal. Arquibaldo resolvera o problema em menos tempo do que eu demorei para descrevê-lo. Rosa estava boquiaberta. Seu pai sempre a impressionava quando fazia essas coisas. Como ele conseguia controlar as mãos daquele jeito? Rosa olhou para as suas e perguntou-se por que elas só lhe obedeciam uma vez sim, duas vezes não.

Margarida apareceu na cozinha. Toda aquela barulheira a acordara bem no meio de seu cochilo, o que a deixou de péssimo humor, porque ela levara um tempo enorme até conseguir adormecer. A avó de Arthur olhou primeiro para o chão queimado e inundado, e depois para a filha. O caos não a incomodava; o que a incomodava era não saber como aquele pedacinho de mulher, de aparência tão frágil, conseguira incendiar e inundar a cozinha ao mesmo tempo.

O mistério se tornou ainda maior quando Rosa explicou:

– Eu... eu só queria fazer uma limonada...

Perplexa, Margarida olhou-a como um pato que acaba de esbarrar com uma trombeta. Rosa era um mistério que deveria ser classificado junto com as pirâmides e o quarto amarelo. Margarida suspirou e abriu a geladeira. Ela pegou a jarra de cristal cheia de uma bela limonada e mostrou-a para Rosa.

– Se você queria uma limonada era só abrir a geladeira! – disse, com uma ponta de recriminação na voz. – Pelo menos não teria se cortado.

– Cortado? – repetiu Rosa, sem entender do que a mãe estava falando.

Ela olhou para seu vestido e viu que uma pequena flor vermelha aparecera no meio das margaridas. Olhou para o dedo, que apresentava um pequeno corte na extremidade, que provavelmente acontecera durante a "operação limão".

Rosa ficou paralisada quando viu o sangue. A boca abriu-se bem grande, os olhos reviraram, as pernas fraquejaram. Ela tombou no chão como um saco de batatas.

Então era isso: Rosa estava com o dedo debaixo da torneira para aliviar a dor e desinfetar a ferida. A cozinha estava um brinco. Margarida se transformara em uma fada madrinha e limpara tudo em um piscar de olhos. Rosa suspirou como um velho cachorro entediado.

– E eu não sei nem fazer uma limonada! – murmurou tristemente.

A limonada de Margarida foi um sucesso, e a jarra de cristal estava quase vazia. Martim enxugou a testa com o lenço e colocou o copo em cima da mesa.

– Muito boa, mesmo! – disse, sorrindo para a velha senhora, que sempre apreciava os pequenos elogios.

Enquanto isso, o rosto de Francis continuava com a mesma expressão de alguém que havia visto a morte de perto. Sua mão estava contraída em volta do copo, os olhos perdidos dentro dele.

– Beba, meu filho, vai lhe fazer bem – sugeriu Arquibaldo gentilmente, levantando o braço do genro para ajudá-lo a levar o copo à boca.

Mas Francis não conseguia se mexer nem por fora nem por dentro, e engasgou no primeiro gole. Arquibaldo lhe deu uns tapinhas nas costas, mas nada adiantou. O avô de Arthur foi obrigado a se levantar da poltrona e dar um bom tapa nas costas do genro. O tapa foi tão forte que soltou a obturação de um dente. O pedaço de metal espirrou da boca de Francis e aterrissou dentro do copo do tenente Martim, que ficou estupefato.

Francis se acalmou, mas não percebeu que faltava a obturação de um dente. Tenente Martim poderia ter dito que ele a havia encontrado, mas um anúncio desse tipo é sempre delicado quando feito em público. Além disso, ninguém havia percebido nada, e ele era o único que sabia.

– Mais um pouco de limonada? – ofereceu gentilmente Margarida, para retribuir o elogio do tenente.

O policial estava em apuros. Afogar a obturação do dente dentro da limonada certamente não era uma boa idéia, mas aborrecer Margarida depois de um elogio também não era. Martim decidiu salvar a obturação.

– Não, obrigado – respondeu o mais educadamente do mundo.

Ele não ia beber o que quer que fosse num copo onde havia uma obturação mal lavada. Margarida sorriu e serviu o resto da bebida dentro do copo. Sem saber o que fazer para impedi-la, o policial ficou imóvel, o que era o cúmulo para um representante da lei.

– Não seja tão educado, Martim! Está com medo de que não sobre nada para os outros, não é mesmo?

– É... é isso mesmo – respondeu horrorizado o pobre homem, enquanto o copo ficava cada vez mais cheio.

– Não se preocupe. Pode tomar. Vou fazer mais – disse a avó de Arthur, indo para a cozinha.

Martim olhou de soslaio para o fundo do copo e viu a obturação, que ria dele.

– Saúde! – brindou Arquibaldo, levantando seu copo.

O tenente suava por todos os poros. Ele levantou o copo e brindou rapidamente. Arquibaldo tomou um grande gole de limonada e suspirou de satisfação.

– Que coisa boa! E tem um monte de vitaminas. Ande, beba. Faz bem para a saúde.

Martim queria ser um coelho e desaparecer no fundo de um chapéu de mágico. Ele sorriu, ergueu o copo e ficou imóvel alguns instantes, enquanto aguardava a chegada de alguma idéia. Mas nenhuma idéia veio. Arquibaldo olhou para ele com uma expressão de incentivo no rosto. O policial sentiu-se acuado, o que era bastante raro porque, por definição, normalmente era ele quem acuava os outros. Martim aproximou o copo da boca e disfarçou seu asco atrás de um sorriso tenso. Ele molhou os lábios na bebida e garantiu imediatamente, com um bolo na garganta, como se tivesse matado a sede:

– Está ótima!

– O último copo é o melhor porque todo o depósito do limão fica no fundo – confirmou Arquibaldo.

Martim sentiu que ia vomitar. Francis debruçou-se na direção do policial, arregalou mais ainda os olhos esbugalhados e sussurrou, com o rosto febril:

– Eu vi o diabo!

O tenente de polícia fez uma pausa. Ele pensou que a família teria feito melhor se tivesse chamado um médico em vez de um policial.

– E... esse diabo, ele era como? – perguntou, preparando-se para escrever essas informações em seu caderninho de notas.

Francis levantou um braço e respondeu como se estivesse recitando um poema de doze pés:

— Ele tinha três metros de altura, usava um chapéu esquisito, tinha uma aparência estranha e não era nem um pouco engraçado.

— O senhor tem certeza de que só bebeu água? — perguntou Martim, para complementar a estrofe.

Francis não reagiu à pergunta. Do jeito como estava, nada parecia tocá-lo.

— Ele tinha um rosto horroroso, cheio de buracos. Alguns pedaços de pele haviam sumido. O nariz também. Um dos braços era enorme, como uma garra, e o outro era minúsculo, quase atrofiado.

O retrato falado não seria fácil de desenhar.

— De que raça era? Branca, preta, amarela? — perguntou o policial.

— Verde! Com reflexos azulados! — respondeu calmamente Francis.

O policial estava meio perdido, não sabia se ria ou se ficava irritado.

Ele não tinha nenhuma dúvida de que aquele problema não era de sua alçada, mas do Hospício Santa Lúcia, para onde ligaria assim que chegasse à delegacia. O oficial fingiu reler suas anotações.

— Parece que já tenho todas as informações necessárias — afirmou, levantando-se da cadeira. — Vou fazer meu relatório e manterei o senhor informado.

Francis agarrou-o pelo braço:

— Tome cuidado, senhor policial, por favor!

O policial tentou sorrir, mas o aviso de Francis provocou um arrepio em sua espinha. Aquele homem parecia ter tanta certeza do que vira...

Nesse instante, o jovem Simão entrou correndo na sala, todo suado, aproximou-se de seu superior e murmurou ao ouvido de Martim:

– Chefe, não encontrei meu distintivo!

– Um problema de cada vez! – respondeu o tenente, muito irritado com toda aquela história. – Primeiro, vamos tentar localizar o diabo e depois trataremos do seu distintivo.

Martim despediu-se rapidamente de Margarida e dirigiu-se para a porta acompanhado por Arquibaldo. Simão, que não parava de suar, olhou com uma ponta de inveja para o copo de limonada que o chefe deixara para trás.

– Pode beber, ele nem tocou no copo – disse Margarida, felicíssima ao perceber que sua limonada era tão cobiçada.

– Obrigado, senhora – respondeu o jovem policial, e pegou o copo.

Ele bebeu quase tudo de uma só vez. Quando a obturação do dente de Francis ficou presa em sua goela, ele fez uma careta. O rosto começou a ficar todo vermelho, o que não era normal quando se acaba de tomar uma limonada. Um tom de esverdeado seria mais apropriado, mas, nesse caso, Simão estava definitivamente vermelho. E não teria demorado para passar para o azul se Margarida não tivesse interferido ao ver que o rapaz segurava o pescoço com as duas mãos e quase não conseguia respirar. Ela bem que gostaria de ter-lhe dado um tapa nas costas, mas o policial não parava no lugar e se contorcia como uma isca presa a uma vara de pescar. Margarida aguardou o momento propício, agarrou o bicho de surpresa e deu-lhe um tapa fortíssimo nas costas. Simão cuspiu a obturação, que foi parar do outro lado da sala.

O policial voltou à normalidade.

– Obrigado, senhora. Eu... eu não sei o que dizer.

– De nada, de nada – respondeu Margarida, empurrando-o para fora da sala.

Martim parou do lado do grande carro da polícia, voltou-se para Arquibaldo e sugeriu:

– Eu acho que você deveria levar seu genro para a cidade.

– Talvez você tenha razão. O clima do campo não lhe faz nada bem – respondeu Arquibaldo.

– Eu não disse para levá-lo para dar uma volta na cidade, mas para ir ver um médico no hospital – retrucou irritado o policial.

– Não se preocupe. Quando eu era criança conheci o diabo que ele mencionou. Vou procurá-lo e falar com ele. Tudo voltará ao normal.

Martim ficou mudo. "O que será que aconteceu com essa família para enlouquecer assim tão de repente?", perguntou-se. Como ele não sabia a resposta, preferiu entrar no carro.

– Voltarei amanhã para ver se tudo está bem – disse, apenas por delicadeza.

Nisso, seu assistente saiu da casa correndo, pulou uns degraus da escada e levou um tombo. Simão ainda não entendera que, se os degraus sobem na entrada, há uma boa possibilidade de que desçam na saída. O rapaz levantou-se, murmurou mais algumas desculpas, correu para o carro, abriu a porta do lado do passageiro bruscamente e sentou-se de uma vez só em meio a uma nuvem de poeira. Ele estava com tanta pressa para não deixar o chefe esperando que esquecera de se limpar. Martim olhou para ele, porém contentou-se em suspirar profundamente enquanto limpava a poeira dos olhos.

O carro saiu em alta velocidade, e o tenente sentiu um alívio quando deixou para trás aquela casa de loucos.

capítulo 4

Todo o povo minimoy estava reunido na grande praça. Os degraus do anfiteatro estavam lotados, e todos aguardavam ansiosamente a chegada do rei. Selenia já estava do lado da espada real, prisioneira da pedra, e batucava nervosamente com os dedos no botão do punho da espada.

— A cada segundo que perdemos, M., o Maldito, ganha horas! — reclamou a princesinha, impaciente como sempre.

— Quando for rainha você poderá mudar o protocolo sempre que lhe der na telha — replicou Betamecha, linguarudo como sempre.

— Com certeza! E essa será minha primeira medida! Perdemos um tempo louco com todos esses protocolos. Na última festa da seleniela, até acabarem os discursos e o ritual ser completado, todas as flores já estavam murchas — afirmou Selenia, ainda indignada com aquele infeliz acontecimento.

— Eu também acho que é um pouco longo — concordou Arthur. — Mas não há casos extremos quando o protocolo pode ser abreviado?

— Sim, claro que há. Só que para abreviar um protocolo é preciso passar pela Comissão dos Sábios, que só se reúne a cada quatro pétalas — explicou Betamecha. — A Comissão dá seu parecer e, se ele for favorável, os dignitários votarão ao nascer do sol.

— Por que eles precisam esperar o nascer do sol? — perguntou Arthur.

— Porque a noite é boa conselheira — respondeu calmamente o pequeno príncipe. — Está na página 202 do Grande Livro.

— Entrar com um pedido de um protocolo simplificado demora duas vezes mais do que deixar o protocolo seguir seu curso normalmente — acrescentou Selenia, que começava a ferver de irritação.

Nesse instante, as portas do palácio se abriram, e a multidão ficou em pé. Os guardas reais foram os primeiros que apareceram, marchando a um passo lento e cadenciado. Eles eram seguidos pelos carregadores das luzes, que não só eram indispensáveis para a execução de qualquer protocolo, mas também permitiam iluminar os sujeitos mais obscuros e, principalmente, iluminar os degraus para que o soberano não caísse de maneira desastrosa no chão da praça da aldeia. Em seguida, apareceu Miro, a pequena toupeira. Ele era a memória da aldeia, o saber dos ancestrais. Sem ele, os minimoys estariam perdidos como um relógio de pêndulo sem o ponteiro das horas. Finalmente, foi a vez do rei, que chegou caminhando a passos lentos, como o exigiam os bons costumes e a tradição. Tudo isso era executado muito devagar, o que, por sua vez, nos permitirá observar à vontade os detalhes da roupa oficial do soberano.

Em primeiro lugar, ele parecia extremamente grande em relação aos outros. Media quase um centímetro, o que era gigantesco quando se sabe que a altura média nacional dos minimoys não ultrapassava os dois milímetros.

Mas isso não era porque o rei se tivesse fartado de comer sopa de seleniela quando era pequeno, mas porque estava sentado em cima de seu fiel Patuf, um malbaquês das terras do Sul. Num passado distante, o rei salvara a vida do pai de Patuf. Talvez fosse interessante interrompermos um pouquinho esta história para contar outra: o encontro entre o malba-mogote e o soberano que salvou sua vida. Essa história magnífica encontra-se maravilhosamente descrita na página 100 do Grande Livro dos minimoys, mas, como há poucas possibilidades de vocês folhearem a obra nos próximos dias, vou fazer um resumo do essencial.

Há muito, muito tempo, quando o rei ainda era um pequeno príncipe, o povo minimoy vivia na África. A vida seguia tranqüilamente ao ritmo do sol, e os minimoys viviam em harmonia com os bogo-matassalais. Os primeiros sabiam tudo sobre o mundo microscópico, e os segundos reinavam como senhores pacíficos nas grandes planícies da África Central.

Juntos, esses dois povos possuíam um conhecimento que ia desde o infinitamente grande ao infinitamente pequeno. Cada um ocupava seu lugar, cada um era um dentinho da gigantesca Roda da Vida.

O futuro rei aceitava com naturalidade seu tamanho porque isso não tinha a menor importância. O importante era que o conjunto resultasse em harmonia. Sendo grande ou pequeno, o conhecimento permanecia o mesmo. Só que até no meio daquela multidão, que, em média, tinha dois milímetros, o futuro rei era... pequeno. Embora tivesse ficado perfeitamente satisfeito com dois milímetros, ele não ultrapassava a marca do milímetro. E não fazia a menor diferença se comesse seleniela como sopa, geléia, xarope, ou em pó: o futuro soberano não crescia.

Seus pais não tinham nenhuma explicação para dar a ele sobre esse fenômeno. O tamanho deles e dos demais familiares se mantinha normal fazia gerações, e nenhum acidente, nem mesmo devido ao clima, acontecera durante a gravidez da rainha. No entanto, esse fato irrefutável deixava o pequeno príncipe muito preocupado. Não seria nenhum problema se ele fosse um decorador de raízes, um colhedor de grãos ou um quebrador de avelãs, mas o destino o escolhera para ser o futuro rei, e ele tinha dúvidas se conseguiria governar um reino tão grande sendo tão pequeno. Todos os dias ele imaginava as gracinhas e as piadas maldosas que teria de agüentar:

"Meu bom rei, queremos apresentar a Vossa Senhoria um projeto gigantesco."

Ou então:

"Majestade, queremos apresentar a Vossa Alteza um probleminha que só Vossa Alteza será capaz de resolver."

Ou ainda:

"Este problema é da maior importância. Portanto, precisamos colocá-lo no topo de nossas prioridades."

Claro que o rei ainda era muito pequeno, ops!, muito jovem para entender que a tarefa que o aguardava não tinha nada de enorme, hum... nada a ver com seu tamanho, porque, em primeiro lugar, para ser um bom rei era preciso ter uma boa cabeça e um bom coração. O jovem príncipe já possuía todas essas qualidades, mas a obsessão por seu tamanho minúsculo o impedia de encarar a realidade: ele era pequeno demais para se ver nos espelhos.

Miro, a toupeira, visitava-o uma vez por semana e conversava com ele para aliviar seu problema. O que era fácil para Miro, porque ele também media apenas um milímetro.

Assim, o jovem príncipe vivia da melhor forma possível. Um dia, porém, um garoto levado conseguiu arruinar os esforços semanais de Miro em poucos segundos. Esse garoto levado era Maltazard. Embora fosse muito mais jovem que o príncipe, ele já o ultrapassava em uma cabeça. (O que, é claro, não passa de uma força de expressão, porque, enquanto a cabeça do pequeno príncipe estava bem cheia de boas coisas, a de Maltazard já ressoava como uma concha vazia.)

Uma bela manhã, o jovem Maltazard se plantou na frente de seu futuro rei e disse:

— Eu acho que você será um rei muito diplomata.

O jovem príncipe ficara surpreso com aquele elogio tão repentino. Em primeiro lugar, Maltazard tinha a reputação de não pensar, portanto não deixava de ser surpreendente ouvi-lo dizer uma frase inteira; e, em segundo lugar, ele desconhecia o significado de um elogio.

Seja como for, o jovem príncipe ficou muito tocado e todo corado.

— Eu lhe agradeço por este belo elogio, Maltazard, mas... o que o faz pensar que serei um bom diplomata?

Maltazard sorriu. Um sorriso sádico que só se mostra quando se tem certeza de que a vítima realmente caiu na armadilha.

— Porque você sempre verá os chefes dos outros povos como homens de grande estatura!

Ele mal acabara de dizer a piada e teve um acesso de riso interminável. Como é muito provável que Maltazard tenha passado a semana inteira formulando a tal piada, que devia ter consumido três quartos de seus neurônios, era normal que se deixasse levar pela alegria do vencedor.

Maltazard ria, ria de rolar no chão, de não conseguir mais parar.

O jovem príncipe jamais se sentira tão humilhado. Sem avisar a família, nem deixar um bilhete com a menor explicação (de qualquer forma, ele era pequeno demais para colocá-lo em cima da mesa), ele saiu da aldeia imediatamente.

As lágrimas do futuro rei caíam como uma chuva de verão, e ele decidiu caminhar até seus olhos não terem mais lágrimas para derramar. O que demorou três dias. Nesse meio tempo, ele atravessara as grandes planícies e chegara à orla de uma floresta muito densa. Exausto, no fim das forças, esvaziado de todas as lágrimas, o pequeno príncipe adormeceu debaixo de uma raiz, em cima de um musgo muito verde e macio.

O jovem rei nunca se afastara tanto de sua aldeia. Era a primeira vez que via árvores tão grandes, que chegavam a obstruir o céu. Toda a vegetação em volta era desmesuradamente grande, o que acentuava ainda mais sua sensação de pequenez. O menino bem que gostaria de ter derramado mais algumas lágrimas, mas não lhe restava mais nada para chorar.

O tamanho das árvores era impressionante, mas os sons da floresta eram mais ainda. Uma mistura de estalidos, cacarejos e cantos que ele nunca ouvira antes. Ele poderia apostar que uma grande diversidade de animais se escondia atrás daqueles sons tão estranhos, e o jovem príncipe começou a lamentar ter se afastado tanto da aldeia sem nenhuma proteção, sem avisar ninguém e, principalmente, sem tomar o cuidado de gravar na memória os caminhos pelas quais passara, porque ele não estava apenas longe de tudo, mas também completamente perdido. A preocupação cobriu seu rosto.

Alguns cantos de pássaros soavam muito melodiosos, e, mesmo que ele não tivesse como identificá-los, as sonoridades eram tão alegres que não era difícil imaginar que deviam ser uma espécie de rouxinol ou de pintarroxo. Outros sons eram mais preocupantes, e ele não tinha nenhuma dúvida de que aquele animal que rosnava também tinha uma espetacular coleção de caninos de todo tipo.

Mas o príncipe era pequeno demais para interessar a um animal selvagem – mesmo que fosse uma animal selvagem de regime.

– Pelo menos para isso meu tamanho pequeno serve – murmurou, mal-humorado.

Um som persistente, ao mesmo tempo grave e suave, preocupava-o mais do que todos os outros. Era impossível determinar se era uma respiração ofegante ou um gemido. O animal que emitia esse som ou estava muito bem, ou muito mal, mas certamente não se encontrava em uma situação normal.

Como a curiosidade é mais forte do que tudo, o pequeno príncipe levantou-se e se dirigiu para o lugar de onde vinha aquele lamento, que agora ressoava por toda a floresta. Quanto mais o príncipe se aproximava, mais parecia evidente que a coisa que não parava de gemer devia estar sofrendo de uma maneira atroz.

Ele descobriu o animal deitado no chão, à sombra de uma grande pedra. Era impressionante: sua pelagem branca era espessa e sedosa, as patas grossas tinham três dedos, a testa era muito achatada, e a mandíbula, descomunal. Acima da bela dentição, dois olhos pequeninos não expressavam uma grande inteligência, mas uma profunda gentileza.

Apesar da mandíbula impressionante da criatura, o jovem príncipe se aproximou. Ele ouvira falar daquela raça especial, única no seu gênero, conhecida como os malba-mogotes. Os malbaqueses viviam ao sul, e os mogotes, ao norte. Portanto, esse era um mogote.

Na página 118 do Grande Livro havia um esboço não muito nítido deles, mas agora que o futuro rei estava vendo um deles de perto ele podia afirmar que o desenho era extremamente estilizado. No esboço, o mogote tinha uns chifres ridículos, dentes excessivamente compridos e uma pelagem áspera, razão pela qual fora classificado na família dos porcos-espinhos.

Nada disso era verdade, e a pelagem branca do mogote era muito sedosa e agradável. O príncipe aproximou-se mais e foi então que entendeu a razão dos gemidos: uma das patas do animal estava presa na terrível armadilha para mul-muls. Os mul-muls eram seu prato preferido, e ele caíra na armadilha sem perceber. Aliás, mesmo que tivesse percebido, ele teria caído nela de qualquer forma porque era incapaz de resistir a um bom mul-mul bem gordinho.

O mogote vira o jovem príncipe vir em sua direção. Mas ele estava tão cansado que nem reagiu diante daquele animal minúsculo, totalmente desconhecido para ele. Ele se limitou a gemer um pouco mais e a reservar o resto da energia para respirar.

– Meu pobre amigo, em que armadilha horrível você foi cair! – disse o príncipe.

É claro que o mogote não falava a língua dos minimoys. O príncipe não demorou para entender como aquela armadilha funcionava. Era uma espécie de ratoeira, com uma fechadura em um dos lados. A chave certamente permitiria ao caçador soltar sua presa.

Educado dentro dos princípios de justiça e liberdade, o jovem príncipe não conseguiu suportar aquela situação horrível por mais tempo.

– Vou tentar soltar você, mas você me promete que não vai me comer se eu conseguir? – perguntou.

O mogote limitou-se a dar outro gemido, o que não explicava absolutamente nada sobre suas intenções, mas o jovem príncipe resolveu arriscar. Ele deu uma olhada na fechadura. Se a forçasse um pouco, ele poderia passar pelo buraco e, pela primeira vez em toda sua vida, agradeceu aos céus por tê-lo feito tão pequeno. Quando conseguiu chegar ao interior da fechadura, examinou o mecanismo do trinco. Nada de muito complicado. As máquinas com espelhos de Miro, que o futuro rei era obrigado a saber montar e desmontar de olhos fechados, eram muito mais complexas.

Ele empurrou três hastes, puxou dois fechos para fora e abriu a armadilha de uma vez só. O mogote rolou imediatamente para o lado e exalou um suspiro tão profundo, que seu significado era fácil de entender até para quem não falasse aquela língua.

O jovem príncipe saiu com uma certa dificuldade da fechadura e parou na frente do mogote.

– Assim está muito melhor, não é mesmo? – afirmou, não sem um certo orgulho.

Primeiro o animal hesitou, mas depois deixou um largo sorriso tomar conta de seu rosto. A mandíbula era tão grande que ele realmente sorria de uma ponta a outra das orelhas. Apesar do cansaço, o mogote conseguiu se levantar. Em pé, ele era três vezes maior do que o pequeno príncipe, que, por um breve instante, lamentou ter soltado aquele mastodonte sem primeiro ter estudado seus hábitos alimentares. O mogote olhava para seu salvador com muito respeito e doçura. Ele colocou a pata machucada em cima do peito e pronunciou uma palavra:

– Mo-mo! – repetiu várias vezes, como se quisesse se fazer entender.

– Hum... ah... e eu sou Sifrat Maximiliano de Matradoy, príncipe das Primeiras Terras! – respondeu o futuro rei sem saber exatamente se a resposta correspondia à pergunta.

– Ma... ma-iê – disse o mogote apontando um dedo para o príncipe, e repetiu, dando alguns tapas no peito: – Momo!

– Hum... Chamar-me de mama-iê não é muito digno para um futuro soberano... é melhor me chamar de papai!

– Pa-pa-iê! – repetiu imediatamente o mogote.

– Isso! Papaiê-Momo! – concordou o príncipe sorrindo.

– Papaiê-Momo-Papaiê-Momo-Papaiê-Momo! – cantarolou o mogote cada vez mais rápido sem parar de bater no peito, até que a grossa pata de Momo derrubou o pequeno príncipe, que caiu de cara no chão.

O mogote levou as patas à cabeça e soltou um grito de aflição.

— Não foi nada, não foi nada — garantiu o príncipe enquanto se limpava. — Poderia ter acontecido comigo também. Eu nem sempre consigo avaliar minha força.

Momo ficou feliz ao constatar que aquele pequenino não sofrera nada.

— Muito bem. Eu soltei você. Você não me comeu. Estamos quites. Agora é melhor você voltar para sua família antes que ela comece a ficar preocupada — disse Maximiliano, que já começava a achar o novo amigo um estorvo e volumoso demais para seu gosto.

Momo deu outro gemido, um pouco mais triste do que os anteriores. Ele virou-se para trás e estendeu a pata para outra armadilha. Dois outros corpos de pelagem branca estavam presos. Eles não se mexiam. A família de Momo não estava longe, mas ele não tinha nenhuma vontade de se juntar a ela.

Diante daquele triste quadro, Maximiliano ficou sem saber o que dizer. Ele bem que queria consolar o órfão, mas como abraçar uma bola de pele tão imensa? Antes que Maximiliano pudesse dizer qualquer coisa, Momo encostou a grande cabeça achatada debaixo do braço do pequeno príncipe, que o consolou como pôde. Papaiê e Momo ficaram assim alguns instantes, um embalando o outro na entrada da grande floresta.

— E agora? Como vou encontrar o caminho de volta? — perguntou Maximiliano, preocupado.

Enquanto isso, na aldeia, todos estavam em pânico com sua ausência. Fazia três dias que todo o reino estava à procura do príncipe.

Ao ouvir aquelas palavras, o jovem mogote começou a cheirar o minimoy.

– Pára! Você está fazendo cócegas – pediu o príncipe, contorcendo-se todo.

Quando o mogote terminou de cheirá-lo, ele agarrou o futuro rei e colocou-o em cima da cabeça, que era tão achatada que parecia ter sido criada para esse fim.

Então Momo começou a caminhar no sentido inverso do trajeto feito pelo jovem príncipe, que concluiu, com toda a razão, que o olfato do mogote devia ser muito poderoso. Três dias depois, Maximiliano, que adormecera em cima da cabeça do mogote, estava diante da Porta Norte da aldeia dos minimoys. Era de manhã cedo e toda a aldeia ainda dormia.

Guiado por seu cornaca, o mogote deu alguns passos tímidos e tocou com a ponta do nariz o jovem Maltazard, que roncava deitado no chão acomodado entre duas groselhas.

– Maltazard! – berrou o futuro rei do alto do mogote.

M. acordou imediatamente e quase desparafusou a cabeça para conseguir enxergar Maximiliano empoleirado em seu trono.

– Meu caro Maltazard, quando eu for rei eu o nomearei grão-chanceler!

– Ah, é? Mas... a que devo essa honra? – gaguejou o jovem guerreiro, ainda meio adormecido.

– O chanceler é aquele que coloca a coroa em cima da cabeça do rei todas as manhãs. E, como a partir de agora estarei sentado em cima deste mogote, você parece ter o tamanho ideal para executar esse trabalho – declarou o jovem príncipe como um diabrete. – Com a pessoa certa no lugar certo, os gâmulos ficarão bem protegidos! Página 112 do Grande Livro – acrescentou antes de dar meia-volta e seguir para o palácio.

Naquele dia, Maximiliano sentiu-se tão orgulhoso como um galo que acorda a cidade inteira. Mas, além da vingança pessoal, ele descobrira outra coisa muito importante: o tamanho de um minimoy é medido pelo tamanho de seu coração, e, portanto, Maximiliano podia se vangloriar de ser grande. Ele fez a promessa solene que, assim que fosse rei, mandaria gravar essa frase magnífica no Grande Livro. E hoje a frase está lá, na página 400.

Enfim, agora Maximiliano tinha mais de cinco mil anos, e seu fiel Momo não estava mais ali para carregá-lo. O filho ocupara seu lugar. Ele se chamava Patuf e era a cara do pai.

O rei passou pelo grande portão, deu uma olhadela para Miro e saudou educadamente os dignitários e os altos responsáveis do governo minimoy. Em seguida, pigarreou e começou seu eterno discurso de abertura.

– Meus caros concidadãos, se hoje estamos reunidos na grande praça de nossa aldeia é porque a hora é grave e...

Selenia terminou a frase no seu lugar:

– ... o tempo urge! Assim sendo, somos gratos pela atenção de todos vocês em todos os sentidos e assuntos!

A princesa segurou o punho da espada e se preparou para arrancá-la da pedra com um puxão.

– Selenia! A espada não sai assim! Você sabe disso muito bem! – reclamou o rei, para não aborrecer a filha. Parecia até que Selenia nem se lembrava mais da última vez em que tentara, sem sucesso, arrancar a espada, naquela primeira aventura, quando conhecera Arthur.

– Os poderes da espada só agem entre as mãos daqueles que são movidos pelo sentido de justiça – lembrou Miro, como o sábio que era.

Mas Selenia era uma princesa, e uma princesa cabeçuda ainda por cima, o que lhe dava duas boas razões para não ouvir ninguém. Ela respirou profundamente, com toda a força. A espada saiu da pedra tão facilmente como se estivesse enfiada dentro de um monte de manteiga. Pega de surpresa com tanta facilidade, a princesinha acabou sentada no chão.

Nos degraus do anfiteatro a estupefação foi geral. Nem o rei conseguia acreditar. No entanto, ele devia ter previsto que isso iria acontecer. Sua filha crescera desde a última aventura. Ela não era mais aquele menina impetuosa e irritável, transbordante de vida e sentimentos, pronta a desprender a Lua do céu se sua honra assim o exigisse. Ela amadurecera e aprendera a ler seu coração.

Muito espantada, Selenia olhou para a espada em suas mãos. Ela não precisara lutar para tirá-la da pedra.

— O tempo deve estar realmente urgindo para a Deusa da Floresta permitir que eu a arrancasse assim — murmurou, preocupada com sua conclusão.

— Como isso foi possível, meu bom Miro? — perguntou o rei, que também estava preocupado.

A velha toupeira ergueu um pouco os ombros.

— Não quero aborrecê-lo, meu bom Maximiliano, mas é verdade que, às vezes, todo esse protocolo é longo demais, e seu discurso, um tédio — respondeu o sábio sem medir as palavras.

O rei quase engasgou. Ele não tinha o hábito de ser tratado assim em pleno protocolo. Mas um bom rei também é medido por sua capacidade de reagir. Maximiliano olhou para a filha, pigarreou um pouco e disse:

— Hum! Muito bem... Considerando as circunstâncias, só me resta dizer uma coisa: a caminho!

capítulo 5

Maltazard também estava a caminho, e, pela primeira vez, em uma estrada de verdade. Fascinado por aquela fita lisa e dura com a bela linha amarela no meio, acariciou o asfalto com o pé, como se o chão fosse de seda. M. estava gostando muito daquela invenção. Até aquele instante, ele só conhecera as trilhas dos combatentes e os caminhos tortuosos escavados na pedra, nos quais avançar alguns metros às vezes podia demorar algumas luas. Mas aquela estrada, reta com um fio de prumo, se estendia a perder de vista dos dois lados.

Maltazard olhou primeiro para a esquerda, depois para a direita, e perguntou-se que direção deveria tomar. Ele estava um pouco perdido nessa nova dimensão, onde tudo parecia desproporcional.

"Que tipo de gâmulo passará por aqui?", pensou consigo.

A resposta foi trazida pelo vento. Era um barulho distante, que aumentava progressivamente. Um zumbido abafado e desagradável. Certamente não era um gâmulo. Maltazard teria reconhecido seu passo imediatamente, ele já caçara tantos. Era um som mais forte, mais sorrateiro, e, por mais que apurasse os ouvidos, Maltazard não conseguia identificá-lo.

"Um zangão, talvez?", foi seu primeiro pensamento.

Ele devia ser enorme e estar voando rente ao chão, bem acima do asfalto, porque aquela coisa tão barulhenta se aproximava em alta velocidade. Maltazard franziu os olhos e olhou na direção do zangão hipotético, que, ao chegar mais perto, se assemelhava mais a um besouro gigantesco.

Dentro de seu potente carro de polícia, o tenente Martim Baltimore também franziu os olhos. Ele se perguntou o que aquele poste esverdeado estaria fazendo no meio da estrada. Interrogou seu colega com o olhar, mas Simão também não fazia a menor idéia. Por prudência, começou a diminuir a velocidade do carro.

Maltazard vergou-se um pouco para frente para tentar enxergar melhor aquele animal que se aproximava. Ele pôde então distinguir com clareza a grade cromada que fazia as vezes de dentes na parte da frente do veículo. Não restava dúvida: com aqueles caninos à mostra e grunhindo daquele jeito, só podia ser um predador, pensou Maltazard. Mas ele nunca tivera medo de caçar um animal selvagem. Aliás, ele não tinha medo de quase nada.

O tenente Baltimore também não estava com medo, mas preocupado.

– Talvez seja um efeito ótico devido ao calor? – sugeriu o jovem Simão, só para dizer alguma coisa.

– O calor ondula a estrada, ou cria miragens. Ele não faz postes crescerem! – revidou o tenente, dando de ombros.

– Sim, mas às vezes cria um efeito ótico que aproxima os objetos que estão a vários quilômetros de distância – respondeu timidamente seu colega.

O policial refletiu um instante. Havia aquele grande poste de luz na entrada da próxima cidade, que ficava a dois quilômetros dali, no final da reta. Ele realmente poderia ter se deslocado para o meio da estrada. Martim começou a sorrir.

– Falha minha, garoto. Você tem razão. É a torre elétrica, aquela que fica na esquina do supermercado. O calor deve estar causando um efeito de lupa, dando a impressão de que a torre está muito mais perto do que na realidade.

– Obrigado, chefe – respondeu o jovem policial orgulhosamente.

– De nada. Quando a gente erra, a gente deve saber reconhecer o erro – disse o tenente, acelerando o carro novamente na direção daquela miragem, que não demoraria a se transformar em um pesadelo.

O tenente aproximou o rosto do pára-brisa e viu nitidamente dois olhos no meio daquele poste verde. Dois olhos horrorosos no meio de um corpo em decomposição, como um velho cadáver que se levantara do túmulo. Os dois policiais logo perceberam o engano e começaram a berrar.

Martim teria feito melhor de afundar o pé no freio em vez de zurrar como um asno. De qualquer forma, era tarde demais, porque o carro ia bater em cheio em Maltazard.

Completamente inconsciente do perigo, M., o Maldito, não se mexera nem um centímetro e olhava com desprezo para aquele monstro de mandíbula de aço que avançava em sua direção.

Mas o tenente Baltimore era um bom motorista e, no último momento, em um derradeiro reflexo, deu uma guinada no volante e por pouco conseguiu evitar a batida. O carro passou tão rente a Maltazard que o deslocamento de ar o desequilibrou.

Dentro do carro, os dois policiais estavam tão brancos como uma folha de papel. Simão observou aquela criatura distanciar-se pelo retrovisor.

– O que era aquilo? – murmurou muito pálido o jovem estagiário.

– É o diabo! – respondeu o tenente com voz trêmula, pisando fundo no acelerador para sair daquele inferno o mais depressa possível.

Maltazard recuperou o equilíbrio e olhou para aquela estranha máquina que se afastava. Ele não sabia para onde ela estava indo, mas certamente era para algum lugar. Ele decidiu ir atrás.

Felizes, os pássaros da floresta observaram a silhueta de Maltazard se afastar com grandes passadas naquela estrada sem fim, que serpenteava no meio dos campos dourados de trigo.

Selenia, Arthur e Betamecha também estavam na estrada. Pelo menos era o nome que os minimoys haviam dado àquele cano apodrecido e ressecado que seguia em quase todas as direções pelos subsolos do jardim. Na realidade, era um antigo sistema de irrigação, que Arquibaldo instalara assim que fora morar ali, vinte anos antes. Como naquela época os canos eram de péssima qualidade, a rede de irrigação logo foi deixada de lado e trocada por um sistema magnífico, em plástico verde.

Aquela antiga rede de canos era uma dádiva dos céus para os minimoys, porque eles teriam de trabalhar milhares de horas para escavar e construir uma auto-estrada igual àquela. Aliás, era o que haviam começado a fazer, até que Arquibaldo os avisou sobre a existência daqueles encanamentos.

O rei terminara de aprovar os "grandes trabalhos", que sempre empurrava de um ano para outro. Ele tomara essa decisão depois de assinar um acordo com as formigas, que haviam aceitado participar da construção da rede de irrigação com a condição de também poderem usá-la. Nem todos os minimoys haviam concordado com a partilha. Alguns temiam que as formigas, mil vezes mais numerosas e disciplinadas do que os minimoys, tomassem posse ilegalmente da rede de irrigação e transformassem em uma rodovia o que deveria ser um caminho para passeios. Mas o rei havia tomado sua decisão, e o interesse da maioria vencera.

Quando Arquibaldo chegou ao canteiro de obras, ele constatou a amplitude dos trabalhos. As formigas e os minimoys revezavam-se dia e noite no fundo daquele túnel poeirento, cuja perfuração não parecia progredir.

Arquibaldo pedira uma audiência com o rei, que lhe foi concedida depois de vários dias de reuniões preliminares e discussões sem fim. Na ocasião, ele mencionara a existência de uma rede de irrigação completa já existente, que facilitaria o transporte dos minimoys para os quatro cantos do jardim e lhes evitaria muitos problemas.

É claro que tanto o rei Maximiliano quanto a rainha das formigas mostraram-se interessadíssimos nessa solução. Então, Arquibaldo desenhou toda a rede de irrigação de memória para eles. Seguindo suas indicações, o sentido dos trabalhos foi imediatamente invertido, e os minimoys e as formigas começaram a escavar a partir do lado esquerdo. Em poucas horas, os operários encontraram o velho cano de irrigação e não tiveram muita dificuldade para ampliar uma brecha.

Foi assim que, de um dia para o outro, os minimoys se viram diante de uma rede rodoviária completa, que lhes permitia viajar pelas Sete Terras em total segurança.

– Vamos viajar de noz de novo? – perguntou Arthur, nem um pouco feliz com essa perspectiva.

– Não. O transportador nunca aceitaria nos enviar para a casa dos seus avós. É zona proibida – respondeu Selenia.

Arthur se sentiu aliviado. Ele ficava muito enjoado quando viajava de noz.

– Vamos até o final dessa estrada e depois pegamos um passador de bolhas de ar.

– Ah, não! – exclamou Betamecha, começando a entrar em pânico imediatamente.

– Por quê? É pior do que viajar de noz? – perguntou Arthur, preocupado.

– Em comparação com a noz, até que é um passeio agradável – respondeu o jovem príncipe, fazendo uma careta muito expressiva.

Alguns anos antes, Maltazard também construíra uma rede particular. Seu esconderijo ficava debaixo da garagem, entre os canos que subiam para os andares superiores, a rede elétrica que seguia ao longo das paredes e os canos de esgoto. Ali ele fizera sua rede. Durante sua época de ouro, havia um seída postado em cada encruzilhada daquela rede gigantesca, mas hoje o território estava deserto.

Nosso pequeno grupo seguiu durante um tempo por aquele canal horroroso coberto de detritos. Todo o entulho deixado pelos operários que haviam construído a casa, fazia vinte anos, continuava ali. Havia desde velhos pregos a aparas de madeira, passando por papel de chiclete.

– Essa é sua casa? Que bagunça! – criticou a princesa, um pouco enojada.

– Não, não! Nós estamos entre as paredes, é por isso que está tão sujo. Minha avó não consegue entrar aqui para fazer a limpeza, ela é grande demais. Do outro lado da parede está tudo limpo, você vai ver – respondeu cordialmente Arthur.

Eles chegaram a uma encruzilhada. Debaixo de um grande hidrômetro, havia uma espécie de torneira atarraxada a um cano.

– Você sabe ler essa língua? – perguntou Selenia, apontando para a parede.

Arthur olhou para cima e leu as velhas etiquetas coladas na parede:

– Cozinha, sala, quarto Margarida... quarto Arthur! – exclamou o menino. – É a torneira que abre e fecha a água do meu banheiro! Só precisamos subir pelo cano e chegaremos diretamente ao meu quarto. De lá será fácil alcançar o escritório do meu avô.

Selenia suspirou e apoiou as mãos na cintura.

– Arthur, olhe para cima!

O menino olhou e viu que o cano parecia não terminar nunca. Era um pouco como se estivesse no sopé do Everest.

– É... realmente... não vai ser fácil – concordou Arthur, muito sem jeito.

– Que nada, muito pelo contrário. Betamecha, passa seu canivete – pediu a princesa, sempre muito esperta.

O pequeno príncipe revistou a mochila e tirou seu famoso canivete de múltiplas funções.

– Cuidado! A multicola derramou em cima do granulador e a macheta trocou de lugar com o vempilo-cergolicra-peto! – avisou Betamecha.

– Não se preocupe – respondeu Selenia, praticamente arrancando o objeto das mãos do irmão. – Eu só quero uma faca que corte.

– O que é esse tal de verpilo-cerbo? – perguntou Arthur.

— Serve para vempilar os cergos que ficam em volta das licrapetas — explicou Betamecha, como se fosse a coisa mais evidente do mundo.

— É mesmo? — limitou-se a responder o menino, como se tivesse entendido tudo.

Não valia a pena insistir. Eles ainda tinham um longo caminho pela frente, e Arthur certamente teria a oportunidade de descobrir para que servia vempilar os cergos, mesmo se fossem umas licrapetas.

Selenia apertou um botão do canivete, mas não foi uma faca que saiu da geringonça, e sim um lança-chamas que queimou o casulo de uma vez só.

— Xiii! — teve apenas o tempo de exclamar a princesa antes que o casulo enfumaçado começasse a espernear até rasgar.

O passador caiu no chão todo emaranhado na seda enfumaçada.

— Isso lá é maneira de acordar as pessoas! — reclamou a pequena criatura de barba florida.

— Lamento muito! Estamos sem tempo para protocolos. Nossa missão é superurgente — explicou a princesa, nem um pouco envergonhada com a confusão que acabara de provocar.

O velho passador deu uns tapinhas nos ombros para apagar as faíscas antes que a roupa pegasse fogo e tossiu por causa da fumaça.

— Pedi transferência para este buraco para ficar em paz! E não para ser acordado a cada cinco minutos como meu irmão que trabalha no palácio!

Nesse meio-tempo, Selenia subira em cima da grande torneira. Com a ajuda de Arthur, abriu-a até o fim. A rede de água começou a gargarejar.

O passador abriu uma portinhola no cano que dava para uma caixa que indicava a pressão da água. Dentro da caixa havia outro hidrômetro e um medidor do nível da água, onde se via um nível de bolha de ar, sendo que a bolha de ar flutuava ao longo de uma escala transparente e colorida. O homenzinho puxou uma alavanca, e o hidrômetro se esvaziou fazendo um barulho muito desagradável.

– Vou pedir outra transferência se continuarem me acordando assim a cada cinco minutos – resmungou o passador, enquanto cumpria sua tarefa.

O comentário deixou Selenia intrigada:

– Alguém passou antes de nós?

– Um pobre infeliz que chorava feito um bezerro desmamado. Ele me suplicou para passá-lo. Ele estava tão angustiado que não tive coragem de recusar – respondeu o passador.

– Aonde ele queria ir? – perguntou a princesa.

– Para qualquer lugar! Para ele tanto fazia, ele só queria sumir!

Selenia começava a ter uma ideiazinha sobre a identidade do passageiro misterioso.

– Ele era como, fisicamente?

O passador empurrou seus fregueses para dentro da bolha de ar do medidor de nível, refletiu um momento e respondeu:

— ... alto, uma carapaça horrorosa, olhos simpáticos, uma cara de brutamontes, e tinha um cocuruto tão afiado como a lâmina de uma navalha.

Nossos três amigos ficaram petrificados.

— Darkos! — gritaram em coro.

— Isso! Isso mesmo! — confirmou o passador, fechando a portinhola na cara dos três.

Betamecha arremessou-se em cima da escotilha e começou a bater nela com toda a força, mas já não se ouvia mais nada do lado de fora. O passador nem olhava mais para eles. Ele estava muito ocupado manipulando suas alavancas.

— Deixe a gente sair! — gritaram nossos heróis.

Eles podiam gritar o quanto quisessem, porque estavam muito bem trancados naquele tubo transparente, que começou a se encher de água dos dois lados imediatamente. Em poucos segundos, os três estavam prisioneiros dentro da bolha de ar do medidor de nível, bem no centro do vidro transparente.

— Prontos? — gritou o passador, articulando devagar a palavra para ser entendido.

Nossos três heróis responderam com um não vigoroso das cabeças.

— Perfeito! — exclamou o passador, sorrindo.

Se tivesse de esperar pela boa vontade dos passageiros cada vez que fizesse uma passagem, ele nunca mais voltaria para a cama. Como os minimoys tinham um medo ancestral da água, assim que ficavam presos dentro da bolha de ar, prontos para fazer a viagem submarina, eles começavam a tremer e queriam desistir.

– Vai dar tudo certo! – garantiu o passador, empurrando a última alavanca.

As válvulas do medidor de nível se abriram e soltaram a bolha de ar. Nossos três heróis se seguraram como puderam na parede, que era tão escorregadia quanto transparente.

A pequena bolha de ar avançou durante alguns segundos ao longo do tubo e depois foi sugada na vertical pela água que subia a toda velocidade. Arthur acalmou-se porque, para dizer a verdade, a viagem até que era bem agradável. A bolha de ar flutuava gentilmente embalada naquela corrente de água ascendente, e ele descobria um mundo que, até aquele momento, nem suspeitara existir.

Nossos amigos passaram suavemente por vários canos em cotovelo, e Arthur começou a achar tudo aquilo muito interessante.

– Como meio de transporte não há dúvida de que é muito mais confortável do que uma noz. Pelo menos não corremos o risco de encontrar pessoas indesejáveis.

– Não, mas corremos o risco de morrer. Você já pensou? Acabar afogado no meio de toda essa água? – disse Betamecha muito preocupado, tremendo da cabeça aos pés.

– Há coisa pior do que a morte – disse Selenia.

Os dois meninos olharam ansiosos para ela.

– A bolha de ar pode ficar presa!

– Ah não! Não diga isso! Dá azar! – reclamou Betamecha irritado.

Arthur não entendera muito bem o que Selenia queria dizer com aquilo.

– Por que é tão horrível a bolha de ar ficar presa? – perguntou, com toda a inocência.

– Não diga isso! Dá azar! – repetiu Betamecha.

Quando o azar é chamado, ele sempre aparece. A bolha de ar aproximou-se de um outro cotovelo do cano, onde havia um vão. A correnteza empurrou-a para fazer a curva, e a bolha de ar ficou presa dentro do vão.

– Pronto! A bolha de ar ficou presa! E agora? – exclamou Betamecha, batendo os braços contra o corpo.

– Vai demorar muito? – perguntou o menino.

– Pode demorar luas e luas! – respondeu Selenia. – Agora precisamos esperar que alguém tenha a boa idéia de abrir uma torneira em algum lugar dessa droga de casa para que a água corrente nos empurre e nos tire daqui!

Arthur entendera a situação. Ele começou a passar em revista todos os membros da família que poderiam abrir uma torneira àquela hora da manhã: Margarida para cozinhar, Arquibaldo para regar o jardim, Francis para fazer a barba, e Rosa muito provavelmente para apagar um incêndio. As possibilidades eram múltiplas, o que tranqüilizou Arthur.

– Não se preocupem, a esta hora todos costumar usar água. Não vai demorar.

capítulo 6

Um pequeno jato de água começou a sair, aquele do bebedouro automático da delegacia. Um policial gordo debruçou-se sobre o esguicho e abriu a boca como uma rã que se prepara para engolir um mosquito. Não era nada fácil pegar aquele pequeno gêiser que não parava de dar voltas debaixo do nariz do gorducho, mas ele insistiu, porque àquela hora o calor já era intenso, e sua goela realmente estava precisando de uma boa irrigação.

O tenente Baltimore e seu colega Simão irromperam no aposento no momento exato quando o policial conseguira dominar o jato de água. A entrada foi tão repentina, tão violenta, que o gorducho levou um susto e recebeu o jato de água bem no meio da cara.

— Alerta geral! — gritou Simão, enquanto o tenente corria até o primeiro telefone disponível e berrava no bocal sem se dar ao trabalho de dizer bom-dia.

— Mande reforços imediatamente!

— O que aconteceu? – perguntou o gorducho, enxugando-se como podia.

Simão colou seu rosto a alguns centímetros do dele. Os olhos saltavam das órbitas, os lábios tremiam.

— Vimos o diabo! – disse em um tom de voz confidencial. – Ele estava no meio da estrada. Quase o atropelamos.

O policial gordo suspirou.

— E o que, diachos, o diabo veio fazer aqui? – perguntou, querendo ser engraçado.

— Não faço a menor idéia, mas, quando você vir a cara dele, vai entender por que não paramos para perguntar – respondeu Simão, recomeçando a tremer feito uma vara verde só de falar naquilo.

Três viaturas da polícia cruzaram a cidade a caminho da rodovia, que já ganhara o nome de "caminho do diabo". O assunto devia ser importante, comentaram os habitantes daquele povoado amável, porque era raro ver passar por ali um batalhão policial como aquele. Mas esses bravos policiais teriam muita dificuldade para encontrar o diabo no meio daquele campo, porque ele já estava na cidade.

Maltazard ficou preocupado quando viu a delegação. Ele não gostava muito daqueles animais pretos de dentição proeminente. Ele se escondeu na sombra de uma mureta e deixou passar as tropas. A calma regressou à pequena cidade, e Maltazard olhou em volta. O calor já era intenso; algumas lojas haviam até baixado os toldos para tentar atrair os fregueses junto às vitrinas, onde era mais fresco. A rua principal estava quase deserta. Havia apenas algumas donas de casa a caminho do supermercado.

Maltazard subiu a rua, tomando o cuidado de ficar na sombra. O calor não o incomodava, mas ele achou melhor manter uma atitude discreta. Com aquela cara, ele certamente não seria confundido com um morador do povoado. "O ideal seria se eu pudesse me disfarçar. O ideal seria até mudar de pele!", pensou Maltazard, que já entendera que naquele mundo, onde tudo parecia belo, sua feiúra sempre seria uma desvantagem.

Devia ser o dia de sorte de M., porque ele esbarrou em uma plaqueta que exaltava os méritos do doutor Franck Emiliano Sutura. A publicidade não deixava nenhuma dúvida: de um lado, via-se o desenho de uma mulher com um nariz enorme quebrado em dois e, do outro lado, a mesma mulher com um nariz novo e tão lindo, que deixaria Cleópatra enciumada.

Como Maltazard não tinha nariz, é claro que ele entendeu o desenho ao contrário e achou que aquela mulher com aquele narizinho ridículo estava feliz da vida porque agora tinha um narigão que lhe permitiria roncar como um elefante.

Doutor Franck Emiliano Sutura abriu a agenda ansioso e suspirou de desespero quando viu todas aquelas folhas em branco. Nenhuma consulta, nem mesmo um pedido de sugestão para uma maquiagem. Nada, ninguém. A pequena cidade sentia-se muito de bem com a vida e ninguém precisava dos serviços dele. Ele abrira seu consultório no povoado fazia seis meses. Doutor Sutura achava que a zona rural seria um manancial extraordinário de verrugas, lábios leporinos e cicatrizes mal fechadas de toda espécie. E realmente havia esse tipo de coisa, mas, como às vezes a vida no campo podia ser muito rude, todos se aceitavam tal como eram, e por enquanto ninguém demonstrara estar interessado nos serviços do doutor Sutura.

Em um cenário tão desolador, podemos facilmente imaginar a esperança que acabara de despertar no coração do médico quando ele ouviu alguém bater à porta. Se fosse um cliente, ele não cobraria nada!, pensou o médico, esfregando as mãos de contentamento.

O doutor inspirou profundamente e abriu a porta com o rosto muito sério. Maltazard ocupava toda a moldura da porta e cobria completamente a entrada da luz. Franck Emiliano deu um grito de pavor – que é a última coisa que se deve fazer quando se recebe um cliente.

– Desculpe, é que... eu estava esperando outra pessoa, por isso fiquei surpreso!

Maltazard observou um instante aquele homenzinho engraçado, com os joelhos que não paravam de tremer, o rosto banhado de suor.

– O que... deseja? – murmurou o médico.

M. não se deu o trabalho de responder a uma pergunta tão estúpida e entrou direto no consultório, o que não era exatamente fácil quando se mede dois metros e quarenta de altura.

O médico acompanhou a passagem daquela criatura com uma mistura de fascinação e asco. Ele certamente vira coisas horrorosas quando ainda era um jovem estudante, tal como um carneiro de cinco patas e bezerros de duas cabeças, mas jamais estivera tão perto de uma atrocidade ambulante como aquela. Nem as moscas ousavam pousar em cima de Maltazard, por medo de ficarem doentes.

O Senhor das Tênebras parou na frente da parede onde estavam penduradas as fotografias que ilustravam as proezas do médico. Maltazard examinou-as uma por uma, metodicamente. Ele ficou fascinado por aquele trabalho de ourives e, se tivesse sabido mais cedo da existência dessas técnicas, teria evitado muitos sofrimentos a si mesmo.

– Belo trabalho – elogiou M., o especialista.

– Obrigado – sussurrou doutor Sutura, que ainda não conseguira relaxar por completo.

– Eu também gostaria de mudar minha aparência, voltar a ter meu rosto.

O médico fez uma pausa. Ele queria trabalho, certo? Agora tinha até demais.

– Hum... e o senhor era como... antes? – perguntou simplesmente, porque seu cliente não se parecia com nada.

– Antes eu era jovem e bonito, um guerreiro orgulhoso, cheio de entusiasmo, pronto para conquistar todas as terras e todos os corações.

Maltazard parou na frente do espelho e olhou-se por um instante.

– E veja no que me transformei! Numa sombra de mim mesmo. Um ser horroroso que se deteriora cada vez mais a cada dia.

– É... é verdade que seu rosto não é muito bonito – comentou o médico, como se estivesse falando com uma cliente. – Mas... como foi que isso aconteceu?

Maltazard ficou em silêncio. Ele não gostava de falar sobre aquele período de sua vida.

– ... Envenenamento.

– Ah, claro! Eu estava justamente pensando que havia visto pessoas depois de um acidente, mas nunca em um estado como o seu. Isso é... a decomposição e... e quem o envenenou assim? Um caso de amor?

Maltazard abaixou a cabeça. O médico acertara na mosca.

– Às vezes as mulheres são terríveis e impiedosas – consolou-o doutor Sutura.

– Sim... principalmente entre os coleópteros – confirmou M., em tom de confidência.

O médico por pouco não revirou os olhos e desmaiou. A imagem de Maltazard copulando com um inseto gigantesco e venenoso não era das mais agradáveis. De súbito, doutor Sutura só tinha dois desejos: o primeiro, que aquele cliente sumisse de sua frente, e o segundo, poder vomitar em paz.

– Olhe, o melhor que o senhor tem a fazer é voltar para casa, recortar calmamente alguns rostos e corpos que lhe agradam, e fazer uma pequena montagem para mim. Assim, terei pelo menos uma idéia do que deseja. Será uma boa base para começar.

Enquanto seu cliente estivesse cumprindo a "lição de casa", doutor Sutura teria tempo suficiente para sumir daquela cidade de loucos. O médico abriu a porta e amavelmente convidou Maltazard para sair.

– Então, estamos combinados. Venha me ver assim que o senhor tiver seu pequeno modelo, e nós faremos o melhor possível.

M. hesitou. Qualquer criatura que tivesse contrariado seus planos dessa maneira já estaria morto e empalado, mas ele precisava demais daquele médico. Ele podia apostar que era o único em todo a região.

– Voltarei! – afirmou com a convicção de um ator dramático.

– Claro! Volte quando terminar. Mas pense bem no que vai fazer, porque uma vez operado não poderá mais desfazer – preveniu-o o médico.

Mas eram mínimas as possibilidades de Maltazard querer de volta seu estado avançado de decomposição. Doutor Sutura fechou a porta no nariz de Maltazard. (Claro que é apenas um modo de dizer, porque, como todos sabem, M. continuava sem nariz.)

Maltazard ficou parado na frente da porta do consultório refletindo sobre a tarefa que o médico lhe confiara. Depois, aproximou-se da janela que dava para o corredor e olhou através dela. Ele viu um pequeno jardim e, um pouco mais adiante, uma funerária. Maltazard olhou de novo para a porta do consultório, depois para a porta da funerária, e perguntou-se se não haveria uma conexão entre as duas. A funerária parecia o lugar perfeito para receber clientes insatisfeitos. Uma idéia começou a brotar naquela pobre mente doentia. Ele começou a sorrir, e quando M. sorri boa coisa não é.

O doutor Franck Emiliano Sutura enxugou a testa, sentou-se em cima da mala para fechá-la e olhou em volta para ver se não esquecera nada. Ele não ficaria ausente por muito tempo. Apenas alguns dias, o tempo suficiente para a polícia, o exército ou o jardim zoológico pegarem aquela criatura asquerosa que assustaria até um Frankenstein. Ele pegou a mala e dirigiu-se com passos decididos para a porta, que praticamente explodiu no seu nariz, e, como ele tinha um nariz, não demorou a começar a sangrar.

– Pronto! – anunciou Maltazard orgulhosamente, entrando e se aprumando no consultório.

O médico segurou o nariz e fechou a porta.

– Pronto o quê? – perguntou, enquanto a criatura jogava um saco de pano enorme em cima da mesa.

– Eu fiz como você mandou. Recortei as partes que mais me agradavam – respondeu M., abrindo o saco.

O médico olhou rapidamente para o interior.

– As orelhas desse, a boca daquele, e o nariz deste – descreveu Maltazard, apontando o dedo para o conteúdo do saco.

Doutor Sutura perdeu a voz. Quando falara em "recortar", claro que pensara em fotografias de revistas, não em pessoas. Mas o engano de Maltazard podia ser desculpado, porque ele não sabia o que era uma revista, enquanto "recortar" fazia parte de suas inúmeras especialidades.

Os olhos do médico reviraram para o teto. O que é sempre a primeira coisa que se faz quando se vai desmaiar.

– Quando penso que só um pouco de água seria suficiente para tirar a gente daqui! – resmungou Selenia.

Mas suas palavras não tiveram eco. Nossos amigos continuavam presos dentro da bolha de ar no fundo do cano. Betamecha suspirou. Ele começava a achar que o tempo estava demorando a passar.

– Seus pais não se lavam de manhã?

– Claro que sim! Mas hoje... eu não sei o que está acontecendo. A esta hora meu pai costuma fazer a barba.

Francis realmente estava no banheiro com o rosto coberto de espuma para barba, e a navalha na mão. Só que não se mexia nem um milímetro. Ele ainda estava chocado com aquela visão de pesadelo que tivera na floresta. Ele não tinha força suficiente nem para abrir uma torneira.

– Minha mãe também deveria estar no banheiro. Ela toma banho todas as manhãs.

Rosa realmente estava no banheiro, que tinha a mesma cor de seu nome, e tentava abrir a torneira, que parecia estar emperrada.

— Por que essas torneiras são tão duras para abrir? – queixou-se, como fazia todas as manhãs.

E, como todas as manhãs, ela virava a torneira no sentido contrário. A água nunca chegaria ao banheiro cor-de-rosa.

Arthur refletiu mais um pouco.

— A esta hora minha avó deveria estar na cozinha, limpando os legumes. A próxima etapa seria passá-los debaixo da água.

De fato, em cima da mesa da cozinha havia uma grande tigela cheia de legumes, mas Margarida trocara a faca pelo telefone.

— Bom dia, dona Mingus... bem, obrigada. Desculpe incomodá-la, mas a senhora por acaso não viu meu neto Arthur passar pela sua casa?... Não?

Um pouco decepcionada, Margarida trocou mais algumas gentilezas com dona Mingus e desligou. Ela suspirou profundamente, virou outra página do caderno de telefones e discou um novo número. Aqueles belos legumes não seriam limpos tão cedo, e ainda menos passados debaixo da água.

— E, quando minha avó não é a primeira que abre a torneira, então é meu avô – insistiu o menino para dar um pouco de esperança aos companheiros de viagem.

Arthur tinha razão. O primeiro que usará a água será certamente Arquibaldo, porque ele está sentado "no trono". É só esperar que acabe de ler o jornal. No entanto, como ele parece estar extremamente interessado no artigo sobre a África Equatorial, ainda deve demorar um pouco.

— Daqui a cinco minutos esse contratempo desagradável não passará de uma lembrança ruim — prometeu Arthur.

A notícia não pareceu alegrar Betamecha, muito pelo contrário. Ele estava apavoradíssimo, como se, de repente, tivesse visto um fantasma. O que de fato era o caso: uma sombra avançava lentamente em sua direção. Uma silhueta deformada pelos movimentos da água. Um personagem que se escondera dentro de um pequeno cano vizinho e que agora se aproximava da bolha de ar. Dois olhos brilhantes não demoraram a transparecer naquela sombra, e sua luminosidade desenhou os contornos daquela silhueta ignóbil.

— Darkos! — gritaram nossos três companheiros ao mesmo tempo.

O filho de Maltazard não morrera. Bastava ver sua dentição jovial para se convencer disso. Arthur sentiu-se imediatamente como um saboroso bolinho de carne entre as patas de um grande gato esfomeado.

Darkos não conseguia acreditar no que via. Diante dele estavam os três responsáveis pelo maior desastre que ele já vivera. Uma calamidade que lhe custara sua posição e sua honra e, junto, seu pai e seu reino. Ele não conseguia acreditar que, em sua grande clemência, a Deusa da Floresta lhe entregasse praticamente de bandeja seus piores inimigos. Darkos ficou desconfiado. Talvez aquilo não passasse de um pesadelo, ou de uma ilusão de ótica. Não seria a primeira vez que ele acabaria vítima desse tipo de equívoco. A solidão na qual já vivia fazia luas costumava pregar-lhe algumas peças.

Darkos franziu as sobrancelhas e aproximou-se dos três amigos bem devagar. Aqueles três pequenos seres colados no fundo da bolha de ar pareciam bem reais, mesmo que a água em volta estivesse distorcendo um pouco a imagem. Um sorriso começou a se desenhar no rosto do guerreiro – sinal de que o cérebro ainda funcionava e que ele acabara de entender que nossos heróis estavam fritos.

A vingança é um prato que se come frio, mas Darkos não tinha a menor intenção de esperar que esfriasse. Ele quebrou uma das lâminas de cima de seu cocuruto e aproximou-se da bolha de ar, cujo futuro parecia incerto.

– Seria ótimo se alguém abrisse agora uma torneira lá em cima – comentou Betamecha entre os lábios.

Sua sensação era de estar amarrado, tão apertado como o nó de um sapato, uma carne assada, um prisioneiro nos trilhos de um trem que se aproximava a toda velocidade.

– Não vai demorar! – garantiu Arthur, tentando tranqüilizar seus companheiros e também a si mesmo.

Mas o pai de Arthur continuava diante da pia do banheiro, tão amorfo como antes; a mãe continuava machucando as mãos na torneira do banheiro; a avó continuava pendurada no telefone, e o avô ainda não saíra da África, viajando no jornal.

No mesmo instante em que Darkos soltou um grito de guerra pavoroso (o que significava que atacaria dentro de poucos segundos), a campainha da porta ressoou por toda a casa. Darkos aguçou os ouvidos; Francis levantou os olhos, antes fixos na pia do banheiro; Rosa largou a torneira; Margarida desligou o telefone, e Arquibaldo abaixou o jornal.

Quem seria àquela hora? Um breve silêncio seguiu-se à pergunta, mas a ausência de uma resposta estimulou Darkos para recomeçar a atacar no instante em que Arquibaldo decidiu ver quem era a visita.

Darkos avançou como um selvagem para cima da bolha de ar. Apressado, Arquibaldo puxou a descarga do banheiro. A bolha de ar se soltou e foi imediatamente tragada por uma correnteza poderosa.

Darkos mergulhou na água com a lâmina apontada para frente e errou o alvo por pouco. Mas por pouco foi pouco mesmo, o suficiente para ficar preso exatamente no mesmo lugar onde, um segundo antes, a bolha de ar estivera presa. Realmente, não era seu dia, e só lhe restou gritar: "Eu me vingarei!", enquanto seus inimigos se distanciavam e desapareciam no cano.

capítulo 7

Arquibaldo dobrou o jornal, vestiu-se rápido e abriu a porta sem ter o cuidado de olhar pelo olho mágico. No que fez muito bem, porque o monstro parado ali não precisava ficar ainda mais deformado.

Arquibaldo era um homem caridoso e um bom cristão, mas isso não o impediu de fazer uma careta de horror diante da feiúra daquele homem que tocara a campainha. Deveríamos dizer "os homens", porque as orelhas, a boca e o nariz davam a impressão de não pertencerem à mesma pessoa e só poderiam ter sido agrupados graças ao trabalho habilidoso de um costureiro.

Maltazard estava irreconhecível. Embora continuasse tão feio como antes, pelo menos tinha agora uma aparência humana. Um casaco comprido, abotoado até o pescoço, um chapéu na cabeça e um trabalho extraordinário de maquiagem disfarçavam-no completamente.

O doutor Franck Emiliano Sutura fizera um belo trabalho, mesmo que o adjetivo "belo" não fosse exatamente o mais apropriado para o caso.

Claro que Arquibaldo não o reconheceu e até estava longe de imaginar quem se escondia por trás de uma aparência tão repugnante.

– Posso... posso ajudá-lo? – perguntou, com a mesma amabilidade de costume, não importava quais fossem as circunstâncias.

Maltazard quase deu pulos de alegria por não ter sido reconhecido e abriu um largo sorriso, o que esticou ainda mais sua nova pele, provocando umas caretas horrorosas. Arquibaldo fez uma careta de dor por ele.

– Desculpe incomodá-lo tão cedo – respondeu M., com uma cortesia incomum.

Arquibaldo ficou um pouco surpreso com aquela polidez inesperada e pela voz rouca que o fazia lembrar um velho conhecido.

– Não faz mal – respondeu o avô de Arthur com a mesma cortesia, sem desconfiar de que era o próprio Mal que estava diante dele. – O senhor mora por aqui? – acrescentou, para tentar fazê-lo falar e ouvir novamente aquela voz tão marcante.

– Morei muito tempo neste território, isso é, neste lugar, muito antes que construíssem esta casa.

– Ah... o senhor costumava vir aqui quando era criança e agora veio matar as saudades, não é mesmo? – perguntou Arquibaldo com um sorriso nos lábios.

Maltazard, que jamais teria imaginado um roteiro tão perfeito, não deixou escapar a oportunidade.

– Exatamente. Eu corri por estes prados verdes durante toda a minha infância e hoje posso me vangloriar de conhecer seu jardim de cabo a rabo.

Arquibaldo não fazia a menor idéia até que ponto aquele homem dizia a verdade, pois Maltazard conhecia melhor os subsolos da casa do que o próprio construtor.

Deitado na garagem, Alfredo, o cão, não conseguia pegar no sono e se entediava. De repente, ele percebeu que era por causa daquele silêncio pesado, completamente anormal. Não se ouvia nem um pio de pássaro para encher suas orelhas, não havia nem uma mosca para implicar com seu nariz. Diante desse fenômeno incompreensível, Alfredo resolveu sair pela portinhola dos fundos e ir até a sala para obter algumas informações. No entanto, quanto mais ele se aproximava da porta da casa, mais ele percebia umas vibrações malignas que o deixavam ansioso e eriçavam os pêlos de suas costas. O cão foi chegando lentamente à porta onde estava aquele desconhecido que conversava com Arquibaldo. Os pêlos se eriçaram ainda mais, as patas se esticaram para frente, as orelhas se deitaram para trás, e seu instinto comandou que rosnasse.

– O que é isso, Alfredo? Bela maneira de receber as pessoas! – recriminou-o Arquibaldo.

O avô empurrou-o com o pé e obrigou-o a se afastar da casa. Alfredo passou ao lado do desconhecido tomando o cuidado para não roçar nele.

— Desculpe, ele não está muito acostumado a ver pessoas estranhas — explicou o avô de Arthur.

— Se um desconhecido aparecesse na minha casa, eu provavelmente reagiria da mesma forma — ironizou Maltazard.

— O que nos diferencia do cachorro é a hospitalidade. Venha, entre, por favor. Está muito quente aí fora, o senhor se sentirá melhor na sombra — convidou-o Arquibaldo, afastando-se um pouco para lhe dar passagem.

— Eu sempre preferi a sombra — murmurou Maltazard, demorando para entrar como se quisesse saborear aquele instante.

— Sente-se, vou buscar um copo de limonada para o senhor.

— Não se incomode por minha causa — respondeu o convidado educadamente.

— Não se preocupe. Minha mulher sempre deixa uma jarra de limonada pronta no verão. Nosso neto é louco por uma limonada.

— É mesmo? Uma criança? Adoro crianças — respondeu M., como se estivesse falando de um petisco. — E onde está esse lindo menino? — perguntou, sabendo perfeitamente que revirava a faca na ferida.

Arquibaldo não tinha intenção de se deixar levar pela tristeza, principalmente na frente de um desconhecido.

— Provavelmente no quarto. Ele está sempre brincando — respondeu com um sorriso um pouco tenso.

*

Arthur de fato estava em seu quarto. Em seu banheiro, mais precisamente. Para sermos mais exatos, deveríamos dizer que ele estava debaixo do pequeno ralo que ficava no fundo do boxe do chuveiro. A bolha de ar afinal chegara a seu destino, só que agora estava presa entre a superfície da água e a tampa do ralo.

Selenia tirou a espada da bainha e preparou-se para furar a bolha.

– Quando eu der o sinal agarrem-se àqueles cordames! – gritou, colocando-se em posição.

Arthur levantou a cabeça. Os cordames dos quais ela falava eram apenas alguns fios de cabelo que haviam ficado presos no ralo. Por sorte, Arthur não tivera tempo de lavar o boxe do chuveiro como fazia todas as manhãs depois do banho.

Selenia esticou os braços para cima e, com um gesto muito elegante, cortou a bolha de ar ao meio. Nossos três heróis deram um salto e se agarraram aos fios de cabelo, que, considerando o tamanho dos minimoys, eram tão grossos como uma corda. Arthur passou por um dos buracos da tampa do ralo e ajudou Selenia e Betamecha a subir. Agora os três estavam no meio daquele boxe de chuveiro gigantesco de ladrilhos brancos.

– Este é seu quarto?! – perguntou Selenia um pouco espantada.

– Não. Aqui é o banheiro. Meu quarto fica ali do lado.

Por causa do tamanho, aqueles três iriam levar uma boa hora para chegar àquele "do lado".

— Anda, sobe! – gritou Arthur, colando o corpo contra a parede.

Selenia colocou um pé entre as mãos de Arthur e o outro em cima do ombro do menino. Ela ficou de costas, colada contra a parede, para ajudar Betamecha a subir. Mas Betamecha foi menos elegante do que a irmã: depois de amassar as mãos de Arthur, ele enfiou o pé no rosto do companheiro. Betamecha se içou rapidamente por cima da beirada de ladrilhos, e Selenia juntou-se a ele.

— Uau! – exclamou Betamecha quando viu a imensidão do banheiro que se estendia a sua frente.

O que mais impressionou Selenia foi a altura do teto e aquela lâmpada enorme pendurada nele. Só aquele objeto já era do tamanho de sua aldeia inteira.

— Parece uma nave espacial – murmurou, olhando para o lustre.

— Hum... vocês poderiam me ajudar a sair daqui? – pediu Arthur, que estava abandonado no fundo do boxe do chuveiro.

Selenia desculpou-se por aquele segundo de desatenção e estendeu a espada para ele. Arthur agarrou-se na arma e juntou-se aos companheiros na beirada sem nenhuma dificuldade.

— É por aqui – disse, apontando para um feixe luminoso que brilhava ao longe.

O feixe era a fresta de luz que transparecia debaixo da porta do quarto.

– Vamos levar pelo menos uma hora a pé para chegar lá! – queixou-se Betamecha, cansado de todas essas viagens.

– Não levará mais do que alguns segundos – garantiu Arthur, tomando impulso e saltando em cima da cadeira que estava a seu lado.

Graciosa como sempre, Selenia também saltou, e depois, gorducho como sempre, foi a vez de Betamecha. O fato de ser rechonchudo quase lhe custou caro, e, se a irmã não o agarrasse no último momento, ele teria caído no chão. Vocês dirão: cair de uma cadeira não é tão grave assim, mas, considerando o tamanho de Betamecha, a cadeira era tão alta como um edifício.

Arthur aproximou-se da camiseta em cima da cadeira – e, é claro, a camiseta estava mal dobrada. Ele pegou o tecido espesso e declarou, como se estivesse fazendo um discurso durante uma inauguração oficial:

– Senhoras e senhores, permitam que lhes apresente o veículo mais ecológico do mundo! Ele não tem motor e nem precisamos dar corda para ele andar! O famoso Astral!

Arthur levantou a barra da camiseta com certa dificuldade e apresentou um carro em miniatura, um desses veículos que encaram qualquer terreno, com desenhos de chamas nas laterais. Todo feliz porque por uma vez na vida ele estava no tamanho exato para poder dirigi-lo, Arthur subiu no carro rapidamente. Reclamando muito, Betamecha entrou atrás. Ele não guardara boas lembranças de seu último passeio de carro, quando fugiram das prisões de Maltazard usando um carrinho movido a corda, e achava que seria melhor irem a pé.

– É ótimo que seja ecológico, mas como ele vai andar se não é movido a motor nem a corda? – perguntou Selenia enquanto entrava no carro.

– Usando a energia mais velha do mundo – respondeu Arthur.

Selenia e Betamecha se entreolharam, mas não conseguiram encontrar uma explicação.

– A força da gravidade! – exclamou Arthur todo orgulhoso, apontando na direção do pára-brisa.

O incrível Astral estava parado na beira de um tobogã que descia quase na vertical. Um negócio que daria vertigem a qualquer um em menos de um segundo. Por comparação, a maior das montanhas-russas pareceria a superfície de um reco-reco.

Selenia estava boquiaberta. Os dentes de Betamecha não paravam de bater.

– Você... você... não vai descer por aqui, vai? – gaguejou Betamecha.

– E por que não? – respondeu Arthur, com uma excitação que ele mal conseguia conter.

O piloto passou o braço do lado de fora e apertou o botão que soltava o carro. O Astral deitou-se na vertical e logo atingiu uma velocidade impressionante. Seria de esperar que um carro sem motor fosse mais silencioso, mas Selenia e Betamecha berravam tão alto que faziam mais barulho do que toda uma manada de tratores. Arthur também gritava, mas de felicidade. Quantas vezes ele não sonhara dirigir aquele carro, vivenciar aquelas sensações, em vez de apenas imaginá-las enquanto empurrava o carrinho.

O Astral chegou ao final da ladeira onde o tobogã fazia uma curva e depois continuava rente ao chão. A pressão era tão forte que os passageiros foram amassados e afundados contra os assentos. O bólide cruzou o banheiro a uma velocidade supersônica e continuou na direção da porta.

– Não vai passar! – gritou Selenia quando viu a pequena fresta de luz.

– Claro que vai! – garantiu o piloto, que já tentara essa experiência algumas centenas de vezes.

Só que era muito mais impressionante visto dali de baixo do que lá de cima, e Arthur ficou com o coração apertado quando viu a porta aproximar-se a toda velocidade. Ele fechou os olhos. Quando passou por debaixo da porta, o veículo foi sacudido por um barulho abafado.

O Astral passara justinho pela fresta, e agora Arthur entendia melhor a origem daqueles arranhões no teto do carrinho. Ele se recriminou por tantas vezes ter acusado Alfredo de brincar com seu carro e tê-lo estragado com seus dentes caninos.

Selenia firmou as mãos no painel e aprumou o corpo timidamente. O bólide continuava tão rápido como antes, mas Arthur tinha total controle da situação.

– Pronto, chegamos. Aqui é meu quarto – disse, esticando o braço como se estivesse mostrando as pirâmides do Egito.

Selenia deu uma olhada para aquela maravilha chamada cama e para todos os objetos gigantescos que estavam largados no chão como esfinges no meio do deserto.

Arthur passou com muita habilidade entre os brinquedos. Ele parecia um esquiador ziguezagueando entre obstáculos.

– Tudo isso são brinquedos? – perguntou Betamecha.

– São. Eu fui muito mimado quando voltei da última viagem. Arquibaldo quis recuperar os quatro Natais que esteve ausente. Festejamos o Natal no meio do mês de agosto! – contou Arthur sorrindo.

Betamecha perguntou-se como alguém podia brincar com brinquedos tão monstruosos quando bastava uma concha de avelã para construir uma cabana, e uma folha macia para criar o trampolim mais divertido do mundo. O Astral diminuiu de velocidade sozinho, e Arthur parou na frente de uma locomotiva magnífica.

– Troca de transporte! – anunciou o menino, todo orgulhoso.

– Outra vez? – reclamou Betamecha. – Que negócio é esse?

– Isso se chama trem e é um meio de transporte genial, você vai ver!

– Isso anda depressa? – perguntou Selenia, examinando aquela máquina enorme.

– Depressa o suficiente para não ficarmos entediados e devagar o bastante para admirarmos a paisagem – respondeu Arthur, como se estivesse citando um provérbio.

Poderíamos até apostar que ele tomou emprestado essa resposta do avô, porque Arquibaldo, como grande viajante que era, andara de trem uma centena de vezes. Arthur também andara de trem algumas vezes antes que seu pai comprasse o carro, mas era a primeira vez que viajava em um trem em miniatura.

– Se a princesa quiser me dar a honra... – convidou Arthur, fazendo uma reverência.

Claro que ele fizera o gesto de brincadeira, mas para Selenia aquilo era algo normal. Ela estava habituada que seus guardas se curvassem diante de sua real pessoa. Muito interessada, a princesinha percorreu todo o vagão que fechava o comboio: o vagão-restaurante.

– Eu bem que comeria uma coisinha – suspirou, sentando a uma das mesas.

– Hum... os ferroviários estão em greve, e o serviço do restaurante está um pouco difícil hoje. Eu poderia pedir ao exército para substituir o pessoal da cozinha, mas todos os meus soldadinhos de chumbo partiram para a guerra – respondeu Arthur bem-humorado.

Mas seu humor é um pouco "exagerado" para os padrões de Selenia. Além do mais, como diz o ditado, "barriga vazia não tem ouvidos". No caso de Selenia, é preciso substituir os ouvidos por humor.

– Eu estou com fome! – gritou a princesa com a boca aberta com se fosse uma ostra pedindo um prato de plâncton.

– Hum... fiquem aí, não saíam daí. Eu... eu vou ver o que posso fazer – respondeu o menino, apavorado com a idéia de que sua princesa poderia morrer de fome na sua frente.

capítulo 8

A porta da geladeira abriu-se. Ela estava tão cheia e tão bem arrumada que poderia fazer parte do cenário de qualquer propaganda de margarina. Infelizmente, nada daquilo era para Selenia. Margarida tirou a bela jarra de cristal finamente esculpida, que de novo estava cheia de limonada.

– Por que você convidou esse desconhecido para entrar? – murmurou a avó de Arthur em tom de recriminação para o marido.

– Não sei. Talvez por causa da voz. Ela me pareceu familiar. O timbre um pouco rouco... aquele porte altivo... Eu já vi aquele homem em algum lugar – respondeu baixinho Arquibaldo, coçando a cabeça.

– Ele não tem um rosto que se esqueça facilmente, mas, se ainda assim você esquecer, um bom pesadelo fará sua memória se lembrar dele!

— É exatamente isso que está me faltando, minha boa Margarida, um pouco de memória. Eu não consigo me lembrar do rosto que está associado àquela voz.

— Ai, ai — gemeu uma vozinha muito mais fina do que a de Maltazard.

Rosa acabara de entrar na cozinha. As mãos lhe doíam tanto que ela as mantinha esticadas, com os dedos espalmados, como se estivesse aguardando que o esmalte das unhas secasse.

— Não consigo abrir a torneira da banheira — queixou-se, soprando em cima das mãos para aliviar a dor.

— Já vou — respondeu Arquibaldo, passando a jarra gelada para ela. — Coloque as mãos em volta da jarra, vai aliviar a dor.

Rosa fez como o pai dissera e logo já estava cacarejando de felicidade.

— Leve a limonada para nosso convidado, ele está na sala. Eu preciso terminar uma conversinha com sua mãe.

Rosa concordou e já ia sair da cozinha quando Arquibaldo a reteve.

— Só um detalhe: nosso convidado é muito... feio. Para não dizer desfigurado. O quadro é impressionante, mas tente se controlar e pense que para ele deve ser muito mais difícil viver assim do que para você — explicou Arquibaldo gentilmente.

— Não se preocupe, papai — respondeu Rosa com um sorriso amável. — Todos os sábados trabalho como voluntária num hospital e, acredite, eu já vi pessoas num estado abominável. No início eu passava mal, mas agora já me habituei. Hoje em dia, pouca coisa me choca – disse, em um tom de voz tranqüilizador, e saiu para a sala a passo de trote.

Maltazard estava parado de frente para a janela. Ele observava aquele jardim que conhecia de cor e, ao mesmo tempo, não reconhecia mais. Ele ouviu um barulho de passinhos corridos. Era Rosa. Ela usava uma saia da moda, que a impedia de dar passos com mais de dez centímetros de comprimento.

Exibindo seu horroroso disfarce costurado à mão, o Senhor das Tênebras voltou-se e acolheu Rosa com um amplo sorriso. Era preciso adivinhar que era um sorriso. Para os olhos de Rosa, parecia mais um crocodilo dizendo "xiiis" para uma gazela. Ela lamentou ter mandado fazer óculos novos.

Rosa parou, inflou os pulmões, colocou as mãos na cabeça e começou a berrar com toda a força. Para segurar a cabeça, ela teve de liberar as mãos e soltar a jarra, que se estilhaçou no chão junto com algumas placas de cerâmica que não resistiram à força do berro.

O grito de Rosa arrancou Francis de sua inércia. Ele levantou-se bruscamente e colocou-se em posição de defesa, segurando a navalha na mão.

– Rosa? Agüenta aí! Estou indo!

Ele virou a cabeça para todos os lados à procura do inimigo até vê-lo no espelho com aquela barba branca horrível. Francis também deu um grito e então percebeu que o inimigo era ele mesmo e que seu rosto estava todo coberto de creme de barbear. Ele deu um suspiro quando se deu conta da besteira e debruçou-se por cima da pia para remover aquela barba branca estúpida que o envelhecia bastante. Abriu a torneira, e a água começou a correr.

Era exatamente o que Darkos estava esperando: que alguém abrisse uma daquelas malditas torneiras para a pressão da água soltá-lo daquele lugar inóspito onde ficara preso. Poderíamos questionar sua capacidade extraordinária de ficar tanto tempo debaixo da água sem respirar, mas quando lembramos que sua mãe pertencia à família dos anfíbios não é difícil entender como esse temível guerreiro conseguira bater todos os recordes de mergulho, fazendo inveja até a uma tartaruga marinha.

Darkos não se lembrava da mãe. Maltazard a havia assassinado quando o filho ainda era um bebê. Mas ela não partira sem antes deixar algumas recordações no marido... Graças a ela, o Senhor das Tênebras se decompunha um pouco mais todos os dias. Darkos adoraria ter herdado de sua mãe esse poder de envenenar os outros com um simples toque. Mas ele não envenenava ninguém, a não ser seu pai, porque não desgrudava dele.

Na realidade, Darkos não passava de uma criança infeliz que crescera no ódio e na violência. Ele não conhecia outra realidade. Talvez ele fosse uma pessoa bem diferente se seu meio ambiente tivesse sido outro. Se ele tivesse tido pais atuantes e gentis. Namoradas. Porém, nada disso amenizara sua juventude. O único gesto gentil que seu pai já tivera com ele fora o de nomeá-lo comandante das forças imperiais no mesmo dia em que o abandonara à própria sorte, quando Necrópolis estava sendo totalmente tomada pelas águas. E isso já fazia bastante tempo, pois tinha acontecido durante a aventura em que Arthur recuperara os rubis perdidos do avô.

Mas agora Darkos estava completamente sozinho, ninguém exercia qualquer má influência sobre ele, e ele estava livre para evoluir como bem quisesse. Ele podia continuar a ser mau e agir mal, ou então escolher o caminho da gentileza e da solidariedade. Por enquanto, ele não parecia estar com nenhuma pressa para mudar, mas apenas muito apressado em acabar com seus inimigos jurados de morte. Ele subiu pelo cano atrás de Arthur e seus dois companheiros, com os dentes tão apertados como aqueles das armadilhas de lobos.

Arthur saltou de brinquedo em brinquedo à procura de qualquer coisa que pudesse oferecer para sua princesa faminta. Qualquer migalha bastaria, e, porquinho como era, seria surpreendente se não tivesse deixado cair algumas por ali. Pronto! Ele se lembrou! Debaixo da cama, Arthur havia construído uma cabana onde ele e Alfredo costumavam lanchar ao abrigo de olhares indiscretos. Claro que era muito melhor lanchar debaixo da cama do que na cozinha, mas ninguém gostava dessa mania, principalmente Margarida, que era obrigada a dar uma de contorcionista para conseguir limpar os restos, quando um simples pano era suficiente para limpar o piso da cozinha.

Arthur enfiou-se debaixo da cama com grandes passadas e logo encontrou um biscoito milagrosamente intacto. Ele subiu em cima da bolacha e alegrou-se por poder ver de tão perto aquelas belas letras gravadas em volta do biscoito. Era um verdadeiro trabalho de ourivesaria, pensou, saltando de pés juntos em cima da beirada para quebrar um pedaço.

Em seguida voltou rápido para o trem e colocou aquele enorme pedaço de massa doce na frente de Selenia.

– O que é isso? – perguntou a princesa, com uma leve expressão de asco.

– É uma receita caseira, feita com manteiga da Bretanha.

Selenia arregalou os olhos redondos como se ele tivesse mencionado um planeta longínquo.

– É muito melhor que os ovos de libélula que vocês não param de comer o dia todo – acrescentou o menino, descendo do trem.

Ele foi até o enorme transformador e com toda a força apertou o botão que ligava a corrente elétrica. O grande vidro vermelho iluminou-se, o que deixou Arthur muito contente.

– Todos a bordo! – gritou, imitando um chefe de estação.

A locomotiva deu um apito agudo e começou a se movimentar como um acordeão. Arthur correu e pulou na traseira do vagão. Nem pensar em perder aquele trem. Um pouco ofegante, ele foi até a mesa onde Betamecha estava se fartando de biscoito. Selenia nem tocara nele.

– É muitcho vom! – disse Betamecha de boca cheia. – Pareche velicornash, mash chem mel.

Apesar da comparação tentadora entre aquela bolacha e a verdadeira iguaria que era a belicorna, adorada pelos minimoys, a princesa continuou recusando-se a comer e se limitou a olhar para o quarto, que desfilava pelas janelas do trem.

– Anda, prova um pedaço. A gente sempre deve provar antes de dizer que não gosta – repreendeu-a Arthur. – Isso não está escrito em algum lugar do Grande Livro?

– Não! – respondeu Selenia, tão amável como uma geladeira vazia.

– Isso é uma lacuna! Vou propor ao Conselho que o inclua – revidou Arthur, bem-humorado.

– Só os minimoys podem se dirigir ao Conselho. Ele não está à disposição de qualquer um – disse a princesa, a quem a fome tornara uma pestinha pior do que de costume.

Arthur quebrou um pedaço do biscoito e degustou-o com uma indiferença que não lhe era habitual.

– Se a memória não me falha, eu estou casado com uma minimoy, e uma princesa, ainda por cima. O que me torna não somente um minimoy por aliança, como também um futuro rei em potencial e, sendo assim, eu certamente tenho direito de participar do Conselho!

As orelhas de Selenia tremiam, sinal de que a princesinha não demoraria a explodir.

– A não ser, é claro, que minha rainha se oponha. Se for assim, acatarei sua decisão humildemente – declarou Arthur com muita habilidade para evitar que aquela panela de pressão começasse a apitar.

Como todas as princesas, Selenia nunca era insensível à adulação. Ela concedeu um sorriso, arrancou um pedaço do biscoito e provou-o com a ponta dos lábios.

– É fom, naom é? – perguntou Betamecha, sempre com a boca cheia, cuspindo algumas migalhas de biscoito.

Selenia não respondeu, apenas continuou mordiscando o biscoito com muita realeza. Sua barriga esfomeada começou a roncar ainda mais. A partir daí Arthur assistiu com prazer ao combate singular que opõe a vontade ao instinto, o duelo do orgulho e do bom senso. A mente luta e resiste por um instante, mas é difícil não sucumbir à vontade do estômago. O cérebro desistiu rápido da luta. Selenia jogou-se em cima daquele bolo enorme e começou a devorá-lo de todos os lados.

– Até que enfim! – exclamou Arthur, feliz com a vitória do bom senso.

Como se quisesse saudar aquela vitória, o trem apitou. O apito ressoou por toda a casa, até no banheiro.

Duas mãos recurvadas se agarraram na beirada do boxe, e a cabeça horrorosa de Darkos apareceu. Ele sempre tivera uma cabeça medonha, e o ódio que se espelhava no fundo de seus olhos não melhorava muito as coisas.

Darkos saltou no chão e olhou em volta para descobrir de onde vinha aquele barulho estranho de máquina.

Ele viu ao longe, sob a porta, o trem de Arthur seguir diretamente para outra, que dava para o corredor. Quando o comboio se distanciou e desapareceu, Darkos começou a vociferar.

O fato de seus inimigos estarem tão perto e tão longe ao mesmo tempo deixara-o louco de raiva. Como Darkos não ia inventar uma máquina que encurtasse distâncias, ele precisava encontrar outra solução. Olhou em volta e percebeu um ciclista de roupa amarela encostado na mureta do boxe do chuveiro.

– Hei, você aí! – chamou.

Se esperava uma resposta, teria de esperar muito. Não que o ciclista fosse particularmente mal-educado, mas ele não podia responder porque era de plástico. Porém, de plástico ou não, Darkos não tinha nenhuma piedade com aqueles que faltavam com o respeito à sua pessoa real. Ele puxou a espada e pulverizou o coitado do desportista. A história não diz se Darkos já fora campeão olímpico de ciclismo, mas certamente ganhara algum campeonato de esgrima, porque o golpe foi tão violento que o ciclista de plástico ricocheteou em todas as paredes do banheiro até finalmente se esborrachar contra uma van em miniatura.

Darkos olhou para a bicicleta e concluiu que ela não devia ser mais difícil de manejar do que um gâmulo. Ele montou naquele veículo e partiu como pôde. Ele se sentia tão à vontade como uma criança de um ano que acaba de descobrir o equilíbrio. Mas, como seu espírito guerreiro se adaptava rápido a qualquer situação, quando alcançou a porta ele já dominara aquele animal e ganhara velocidade. No entanto, se Darkos sempre fora rápido em se adaptar, em contrapartida ele sempre demorara muito para entender. Por exemplo, o tempo que levou para perceber que a altura da bicicleta com seu condutor em cima era incompatível com a altura da porta foi suficiente para Darkos trombar de cara com a porta. A bicicleta ultrapassou alguns retardatários, passou pela multidão que assistia à corrida, enfiou-se no meio do pelotão e cruzou a linha de chegada como vencedora. Era a primeira vez em toda a história das corridas ciclísticas que uma bicicleta se consagrava sem seu fiel companheiro.

Francis cruzou a linha de chegada da porta da sala.

– O que aconteceu? – perguntou assustado, quando viu sua mulher deitada no sofá com uma compressa em cima da testa.

– Não foi nada, ela... ela levou um tombo, como sempre – respondeu Arquibaldo, que havia muito tempo já não contabilizava mais as asneiras da filha.

Francis jogou-se imediatamente aos pés da mulher, quase chorando.

– Querida, você está bem? Responda... – murmurou, dando uns tapinhas na mão de Rosa.

Francis não sabia mais o que fazer. Ele olhou para o lado e deu de cara com o rosto recosturado de Maltazard.

– É... é grave, doutor?

As lágrimas deviam estar embaçando muito a visão de Francis para que confundisse aquele monstro com o médico. Maltazard não se atrapalhou nem um pouco. Ele até se sentiu lisonjeado com o mal-entendido.

– Se está falando de mim, acho que as coisas não vão melhorar muito com o tempo, mas se está falando de sua mulher acho que ela vai sobreviver – respondeu bem-humorado.

– Ah! Obrigado, doutor, muito obrigado! – agradeceu Francis, felicíssimo com a notícia.

Ele apertou a mão de Maltazard e sacudiu-a, todo alegre. Era exatamente o que não devia ter feito.

– Está bem, agora me solte – pediu Maltazard preocupado com a fragilidade de sua vestimenta.

Mas Francis estava tão feliz, que não parava de sacudir o braço do "médico" como se fosse um velho galho de uma jabuticabeira. Aliás, a comparação não é tão ruim assim porque toda a roupa de Maltazard começou a estalar e deixou entrever a velha pele ressecada, tão enrugada como a casca de uma árvore.

– Pára, seu imbecil! – gritou de repente, o que não é algo que se espere da parte de um médico.

Como a raiva nunca é boa conselheira, ela acabou rasgando a máscara e a identidade verdadeira do médico apareceu. Ele não era humano, e muito menos um médico: era M., o Maldito, o Senhor das Trevas.

Francis esfregou os olhos e enxugou as lágrimas de felicidade. O que ele não deveria ter feito. Como uma maçã caindo do galho, ele desmaiou em cima da mulher. Era como se o sofá servisse apenas para recolher frutas maduras que despencam da árvore.

Margarida sentiu vontade de vomitar, e finalmente "caiu a ficha" de Arquibaldo:

– Eu tinha certeza de que já tinha ouvido essa voz horrível em algum lugar! – comemorou o avô de Arthur, sem a menor consciência do perigo que o ameaçava.

Maltazard arrancou o resto das roupas e recuperou, não sem um certo prazer, sua vestimenta real. Ele jogou longe a cartola, deixando à mostra a cabeça desmesuradamente comprida, e tirou as luvas ridículas, que apertavam suas mãos.

– Ahhh!... assim fico mais à vontade – afirmou, girando a capa de um lado para o outro.

– Eu bem que avisei para não deixar entrar pessoas desconhecidas aqui em casa – sussurrou Margarida em um tom de recriminação indiscutível.

– Infelizmente não é nenhum desconhecido – respondeu com gentileza o marido. – Permita que lhe apresente M., o Maldito, o Senhor de Necrópolis, Comandante da Sétima Terra. Só de mencionar seu nome já dá azar.

Ao ouvir aquela brilhante apresentação, Maltazard sorriu e dobrou-se em uma magnífica reverência.

– É uma honra estar em vossa companhia, madame Margarida.

– Como é que ele sabe meu nome? – murmurou preocupada a avó de Arthur.

– Em outra vida tive o privilégio de poder observá-la na cozinha e devo confessar que, na época, a senhora me impressionou demais. É claro que não tenho nenhum talento para julgar a qualidade dos pratos que a senhora prepara, porque minha língua é insensível a qualquer coisa, até mesmo à tortura. Por outro lado, o amor, a devoção e a determinação que a senhora dedica à preparação de certos pratos sempre me deixaram maravilhado. Lembro-me principalmente daquele incrível bolo de chocolate que a senhora refez cem vezes até ficar perfeito. Esse tipo de teimosia me agrada muito. Nossa família tem esse mesmo tipo de caráter.

— Exceto que sua teimosia só serve para saquear e destruir, e não para fazer bolos — interveio Arquibaldo, um pouco irritado com o discurso.

— O resultado pode ser diferente, mas as qualidades são as mesmas, e hoje eu me permito cumprimentá-la, Margarida!

Maltazard fez outra reverência da forma mais elegante possível.

— Eu queria parabenizá-la antes, mas na época eu só media alguns milímetros, e minha voz, por mais forte que fosse, não passava de um estalido de uma avelã sendo quebrada. Hoje tudo é muito diferente — disse M., com um sorrisinho que não deixava prever nada de bom. — Minha voz ganhou em força e profundidade. Ela se tornou uma arma temível. A senhora me permite que eu faça uma pequena demonstração? — perguntou educadamente.

— Seus discursos nunca me impressionaram, Maltazard! — respondeu secamente Arquibaldo, esquecendo por um instante que pronunciar aquele nome dava azar.

— É mesmo? — alegrou-se o indivíduo ignóbil. — No entanto, eu poderia fazer você tremer com a simples menção de uma letra, aquela pela qual você deveria ter me chamado. Em vez disso você preferiu atrair o azar.

– De que letra ele está falando? – perguntou Margarida preocupada.

– Aquela com a qual começam nossos nomes, minha cara Margarida! – respondeu o mestre, enchendo os pulmões de forma monstruosa. – A letra M! – gritou com toda a força.

E forças era o que não lhe faltava. Tudo começou a voar pela casa: paninhos, tapetes, cortinas. Os vidros explodiram. Os batentes das janelas se soltaram. As cadeiras mudaram de lugar sozinhas. Até a grande arca deslizou implacável para o fundo da sala.

O ciclone subiu pela escada e começou a girar em volta do trem. No vagão-restaurante o pânico foi geral, e nossos heróis se seguravam como podiam nas barras que decoravam o lugar. O vendaval era tão forte, que o trem quase descarrilou várias vezes. Uma das colherzinhas que voavam no meio do turbilhão chocou-se contra a rede elétrica. Apesar da força do vento, o trem diminuiu imediatamente de velocidade.

Na sala, Margarida foi carregada por aquele sopro titânico e acabou colada contra a parede, a alguns centímetros do chão. Com um esforço sobre-humano, Arquibaldo foi o único que não saiu do lugar. Seu casaco estava rasgado, o cabelo apontava para todas as direções, mas ninguém o faria mudar de posição.

Terminado o fôlego de Maltazard, o furacão afastou-se pelas janelas arrebentadas. Não sobrara nada da bela sala de

Margarida. A única coisa que ainda continuava em pé era Arquibaldo. M. recuperou o fôlego e olhou espantado para aquele homem idoso que não saíra do lugar. Maltazard devastara a casa, mas não conseguira dobrá-lo, e a sensação de derrota irritou-o.

– O caniço se verga, mas não quebra, Maltazard. Se tivesse prestado mais atenção à natureza que o circunda, você também teria aprendido a lição e saberia que, em dia de tempestade, por maior que você seja, mesmo se for tão grande como um carvalho, é você que o raio escolherá em primeiro lugar!

Maltazard começou a resmungar e pulverizou com um soco a mesa de centro, a última coisa que ainda estava quase inteira. Um gesto muito estúpido, que não tinha nenhuma outra serventia exceto acalmar seus nervos e acordar Rosa.

A mãe de Arthur sentou-se no sofá que a recebera com tanta gentileza enquanto estava desfalecida e ajustou os óculos. O que não adiantava muito, pois o grito de Maltazard rachara as duas lentes. Aliás, era melhor assim, porque evitaria que ela constatasse que o novo convidado era ainda mais feio que o anterior, o que por certo faria com que ela de novo caísse de madura.

– Dormi muito tempo? – perguntou para Maltazard, que já não estava mais propenso a civilidades.

– Para mim não o bastante – respondeu dando-lhe um soco na cabeça, o que a mandou direto de volta ao sofá, que acolheu aquela "fruta" que despencava, para lá de madura.

*

Arthur desceu do trem e foi verificar os estragos nas redondezas. Havia garfos e colheres espalhados pelo chão, bem como vários objetos diversos, além de outras marcas da violência daquela tempestade repentina.

— Eu só conheço uma pessoa capaz de provocar um cataclismo igual a esse — murmurou a princesa, colocando a mão na espada.

— Deixe sua arma onde está, Selenia! Desta vez você realmente não está à altura de lutar contra ele — avisou Arthur, puxando-a pela manga. — Venha, me ajude a religar a eletricidade.

Alfredo aproveitou a calmaria para se esgueirar na sala por uma das janelas abertas. Ele começou a lamber a mão de Margarida, que finalmente conseguiu se soltar da parede na qual havia sido praticamente embutida. A avó de Arthur limpou-se um pouco e, cambaleante, foi juntar-se ao marido.

— Por que você não nos diz qual é o objetivo de sua visita em vez de ficar destruindo tudo? — perguntou Arquibaldo.

— A destruição é o menor dos pecados — respondeu Maltazard, colocando uma das mãos em cima do estômago, como se estivesse falando de morangos com creme. — O que pode ser mais excitante do que dar um pontapezinho num castelo de cartas para vê-lo desmoronar? Não o construímos com a esperança de que não vai despencar? — argumentou Maltazard, caminhando pela sala destruída. — E que império não foi erguido em cima das ruínas do anterior? Não aproveitamos para reconstruí-lo ainda mais bonito, mais alto, mais poderoso? A destruição gera no homem a vontade de se superar. Só estou dando uma mãozinha, para acelerar as coisas e ganharmos tempo.

– Um tempo que você usa para destruir ainda mais coisas – revidou Arquibaldo, escandalizado com aqueles argumentos.

– É verdade. É um círculo vicioso. Vocês constroem, eu destruo, vocês reconstroem, eu redestruo. Esse círculo infernal terminará algum dia? – respondeu Maltazard, fingindo que se queixava.

Arquibaldo não tinha resposta. Nem Margarida.

– Talvez seja essa oposição que nos mantém em equilíbrio... – acrescentou Maltazard, muito orgulhoso de seu discurso.

– Realmente, a imagem é perfeita – concordou Arquibaldo.

– O bom e o mau não podem se separar, meu bom Arquibaldo. Eles precisam um do outro. Eles são o cimento que une nossos dois mundos.

capítulo 9

Enquanto isso, a conjugação de forças de Arthur e Selenia permitira enfiar o pequeno plugue novamente na tomada. O trem recomeçou a funcionar no mesmo instante, e nossos heróis foram obrigados a correr para alcançá-lo. Arthur saltou em cima da plataforma do último vagão e estendeu a mão para Selenia, para ajudá-la a subir.

– Corre, Betamecha! – gritou a irmã quando o viu trotando atrás deles.

– Não posso! A mochila é muito pesada – respondeu o pequeno príncipe, quase sem fôlego.

O trem adquirira velocidade, e Betamecha se distanciava cada vez mais a cada segundo que passava.

– Arthur! Faça alguma coisa! – implorou a princesa, como se achasse que seu príncipe tinha todos os poderes do mundo.

Arthur não sabia o que fazer, mas há algo mais motivador do que uma princesa que implora com os olhos e deposita toda sua confiança em você? Arthur sabia que tinha apenas um segundo para encontrar uma idéia se não quisesse perder para sempre o coração da princesa e Betamecha.

— Betamecha! Atrás de você! Um *yeti*! — gritou.

Betamecha não fazia idéia do que era um *yeti*, mas parecia algo que deveria ser grande e assustador.

O truque funcionou perfeitamente, e o medo deu asas a Betamecha, que bateu todos os recordes de velocidade para alcançar a traseira do vagão. O pequeno príncipe deu um salto tão grande que aterrissou direto dentro do trem, rolando pelo chão. Selenia ria sem parar, dando tapas nas coxas.

— Você não passa de um gâmulo pulguento!

Arthur não entendeu muito bem a expressão, mas achou que deveria equivaler ao nosso "franguinho assustado".

— Ele enganou você direitinho com aquele "Atrás de você! Um *yeti*!" — disse a princesa, imitando Arthur e morrendo de rir.

Betamecha não parecia achar aquilo engraçado. Seu rosto continuava tenso.

— Selenia, eu não menti! — respondeu Arthur, tentando não assustar demais a princesa.

Selenia parou de rir e franziu as sobrancelhas. Betamecha balançou a cabeça afirmativamente para confirmar que ela se enganara. Era verdade que um *yeti* seguia o trem, mas só era possível ver a ponta do nariz da criatura. Selenia continuava não o percebendo, porque ele estava bem atrás dela.

— Vocês quase me enganaram! — disse a princesa rindo. — Mas não nasci ontem, sabem? Eu já fazia esse tipo de brincadeira quando você ainda não era nem nascido, meu querido

Betamecha! Sei muito bem que nenhum *yeti* horroroso está perseguindo o trem – concluiu, olhando para trás para confirmar... seu engano!

Alfredo seguia o trem com o nariz enorme colado na plataforma. A princesa deu um grito inumano. Ela se jogou instintivamente nos braços de Arthur, que não esperava tanto.

– Não é um *yeti* de verdade, é um cachorro, e seu nome é Alfredo – informou Arthur calmamente. – O *yeti* é muito maior e muito mais feio do que ele.

– Ele é adestrado? – balbuciou a princesa, com alguma dificuldade para esconder sua preocupação.

– Adestrado não é bem a palavra, digamos que ele me escuta quando interessa a ele.

Arthur debruçou-se para fora do vagão e gritou:

– Alfredo! Sai daqui! Você está assustando a princesa!

O cachorro empinou as orelhas imediatamente. Ele conseguia ver seu dono ali, minúsculo, na traseira do vagão, mas não ouvia nem uma palavra do que ele dizia, porque a voz era muito fraquinha.

– Estão vendo? Ele nunca ouve o que eu digo! – reclamou Arthur, desesperado.

Ele não conseguia entender por que Alfredo não o ouvia se ele estava gritando tão alto.

O trem passou do lado de uma bola de tênis que, provavelmente, havia sido abandonada ali durante uma partida. Arthur teve uma idéia: ele deu um pontapé bem forte na bola gigantesca, só para mostrar seu talento de jogador de futebol.

Mas teria feito melhor se tivesse pensado antes de dar o chute. A bola era cem vezes maior do que ele! Arthur quase quebrou o pé quando deu o chute. Ele começou gritar de dor e a saltitar num pé só por todo o vagão, como se estivesse brincando de amarelinha.

— Que brincadeira é essa? — perguntou Betamecha, que não entendera as regras daquele novo jogo.

O pé doía tanto que Arthur não conseguiu responder. Mas o chute não havia sido inútil. Impulsionada pela velocidade do trem, a bola começou a rolar suavemente até cair na escada.

Alfredo podia não ouvir Arthur, mas ele entendera a mensagem: saiu correndo atrás da bola, que descia pulando pelos degraus da escada, todo feliz por poder brincar novamente com seu dono.

Betamecha olhou pela janela para o Alfredo-*yeti* que se afastava, e a princesa ajeitou o cabelo com um gesto gracioso.

— Escapamos por pouco! — suspirou Betamecha, sentando ao lado de Arthur, que massageava o pé.

Um barulho fortíssimo o contradisse — um choque violento que fez vibrar todo o trem como se uma montanha tivesse desmoronado em cima deles. Nossos três heróis caíram no chão e só tiveram tempo para se agarrar aos pés dos assentos.

O solavanco durou apenas um instante, e depois o trem retomou seu ritmo normal.

— O que diachos foi isso? — perguntou assustado Betamecha.

Como diz o ditado, falando no diabo aparece o rabo, mas naquele caso específico só se via o cocuruto. O rosto de Darkos surgiu de cabeça para baixo enquadrado na janela.

– Achou! – disse com um sorriso infantil, como se estivesse brincando de esconde-esconde.

Nossos três heróis começaram a gritar e a correr para todos os lados. O guerreiro saltou dentro do vagão e puxou sua grande espada. O primeiro golpe foi para Selenia. Sem ter tempo para pegar a espada mágica, a pobre princesa foi lançada para o fundo do trem. Arthur, que era um perfeito cavalheiro, posicionou-se entre os dois e ficou de frente para o horrível Darkos, que fervilhava de raiva como um touro.

– Darkos! Acalme-se! – gritou Arthur com autoridade.

Desnorteado pela enorme segurança de Arthur, o guerreiro parou onde estava. Mas a autoconfiança de Arthur não passava de uma fachada atrás da qual ele escondia seus temores.

– Hum... você não acha que esse é um bom momento para termos uma conversinha? – sugeriu o menino com um pequeno sorriso.

A proposta desequilibrou Darkos. Já lhe haviam proposto muitas vezes devastar, saquear, cortar gargantas, trucidar, mas raramente conversar.

– Conversar sobre o quê? – perguntou, aprumando um pouco o corpo.

– Sobre toda essa guerra inútil, todo esse sofrimento que você causa nos outros e em você mesmo – respondeu Arthur com sinceridade. – Nós todos temos nossos problemas, nossos sofrimentos. De vez em quando faz bem falar a respeito, você não acha?

Darkos enfiou um dedo na boca. Isso sempre o ajudava a pensar.

– Hum... não! – respondeu depois de refletir e antes de recomeçar o ataque.

Arthur abaixou a cabeça no último momento e conseguiu evitar a lâmina monstruosa.

– Eu presumo que esse gesto marca o fim das nossas negociações, certo? – perguntou Arthur, que faria melhor se saísse correndo em vez de fazer piadinhas.

Darkos soltou sua fúria, e os golpes começaram a chover. Nosso pequeno herói tinha cada vez mais dificuldade para evitá-los. Ele pulou de cima de uma prateleira para um porta-malas passando pelas luminárias, mas nada adiantava. Era impossível escapar àqueles golpes superpotentes que destruíam tudo o que encontravam pela frente.

Darkos estava cortando o vagão inteiro em pedacinhos. Cada golpe abria um buraco nos flancos daquele trem magnífico, que era uma réplica exata do Transcontinental do início do século XX. O guerreiro, que nada nem ninguém parecia conseguir parar, abriu caminho entre as mesas e avançou para cima de Arthur. Exausto, Arthur tropeçou e caiu. Darkos aproximou-se, ergueu a espada e abriu um sorriso de satisfação, como sempre costumava fazer depois de uma vitória. Esse foi seu erro. Ele ainda não ganhara e, no instante em que se preparava para cortar Arthur ao meio, como se fosse um mero sanduíche, Betamecha pulou em cima dele. Seu gesto heróico provocou admiração, mas foi completamente ineficaz, porque Darkos livrou-se dele com um peteleco, tal como faria com um fio de cabelo no ombro. O pobre principezinho foi arremessado para longe, e Darkos voltou sua atenção para o que o interessava. Ele tencionava cortar Arthur em cubinhos. Porém, aqueles segundos de distração haviam dado a Arthur a oportunidade de desaparecer. Irritado, Darkos pulverizou o resto das mesas enquanto ia atrás de sua caça.

– Onde está você? Mostre sua cara em vez de ficar se escondendo como uma toupeira vulgar! Está com medo de lutar? – gritou, esperando que as palavras de desafio o fizessem sair de sua toca.

– Se você quer lutar, pode vir! Sou eu que você quer! – disse uma voz atrás dele.

Darkos voltou-se e ficou frente a frente com Selenia, que brandia sua espada mágica.

Ele hesitou um instante como se de repente tivesse uma crise de cortesia.

– Desculpe, Selenia, mas... você não passa de uma garota.

– O que vem a calhar, já que você também ainda não é um homem – respondeu a princesa.

Darkos detestava quando alguém duvidava de sua virilidade.

– Você está inacabado. Ainda falta o essencial: um coração e um cérebro.

A humilhação atingiu-o como uma flecha no meio do peito, o que teria doído muito mais se ele tivesse um coração. Darkos começou a rugir como uma fera selvagem, o que comprovava o que dissera Selenia: ele estava muito mais para bicho do que para homem.

O guerreiro deu um golpe violento na espada mágica de Selenia, mas a princesa bloqueou o ataque como se aquilo não passasse de um graveto qualquer. No mesmo instante, Darkos entendeu com quem estava lidando, e principalmente com o quê. A espada mágica era conhecida por conceder poderes mágicos àquele que a usava. Porém, a pessoa precisava ter senso de justiça e eqüidade. Defensora das viúvas e dos órfãos, a espada jamais obedeceria a um facínora opressor. Bastava um mau pensamento, e ela se tornava mais pesada do que a pedra na qual ela havia sido sabiamente aprisionada. Isso era o suficiente para deixar Darkos louco de ciúmes, porque ele achava sua espada a mais poderosa do reino.

Ele se arremessou para cima de Selenia e atacou-a com um golpe fortíssimo, que a princesa rebateu com sua graciosidade habitual. Desesperado, o guerreiro acelerou o ritmo e aplicou todas as manobras que sabia, até as mais secretas, em vão. A espada mágica revidava as paradas e repelia os assaltos com uma facilidade desconcertante. Darkos tentou um último assalto, desferindo uma combinação de uma série de golpes mortais que apenas uma mente doentia seria capaz de criar. Por fim, apertou um botão no punho da espada e abriu uma lâmina de luz telescópica. Darkos girou a espada dupla pelo ar e partiu para um novo assalto. Ele girava as lâminas com tanta velocidade que parecia um helicóptero. Selenia apenas sorriu e deixou a espada mágica agir. Tudo acontecia tão rápido que era impossível contar o número de golpes que os dois adversários trocaram. Selenia parecia estar se divertindo, e, quanto mais ela se divertia, mais Darkos, que começava a ficar cansado, se irritava. A princesinha aproveitou para acelerar o ritmo e pôr um ponto final naquele combate ridículo. Em um segundo, ela cortou as duas espadas de Darkos em doze pedaços.

Aturdido, o guerreiro caiu de joelhos. Arthur saiu de seu esconderijo e aproximou-se de Selenia.

– Agora você vai se comportar direitinho, senão eu vou ficar zangado de verdade! – avisou em tom de ameaça, estufando o peito.

A humilhação era completa. Darkos nem tinha mais forças para combater. Ele se jogou aos pés da princesa e começou a choramingar:

– Perdão, princesa Selenia! Por favor, não me leve a mal! Fui educado assim! Só me ensinaram a matar e saquear, mas no fundo eu não sou um sujeito ruim.

Foi o suficiente para a princesa derreter-se toda. Se não fossem aquelas lâminas de navalha coladas no cocuruto de Darkos, ela bem que teria acariciado a cabeça do guerreiro.

– Eu sei, Darkos – disse, sorrindo gentilmente. – Tenho certeza de que você era um bom menino quando pequeno.

– É verdade, muito bom – choramingou Darkos, acariciando os pés da princesa. – Muito bom até meu pai me ensinar a ser muito mau.

Subitamente, Darkos agarrou os pés da princesa e deu um puxão violento. Pega de surpresa, Selenia perdeu o equilíbrio e caiu no chão, enquanto o ignóbil Darkos se apoderava da espada mágica.

– Ó, meu Deus! – gritou a princesa quando percebeu seu erro.

Darkos sorriu tão maldosamente como uma hiena.

– Você é corajosa, Selenia, mas é pura demais para lutar. A guerra é uma arte reservada para os homens – afirmou orgulhosamente.

– E a besteira uma qualidade reservada para os guerreiros – intrometeu-se Arthur, para tentar desviar a atenção do inimigo e salvar a vida de Selenia.

Seu pequeno plano funcionou às mil maravilhas, pois no mesmo instante Darkos começou a atacá-lo com ameaças:

– Você vai pagar por essa afronta! E é melhor que lute muito bem se quiser ter a honra de acabar como um troféu na minha sala.

– Ah! Eis aí uma honra que certamente me motiva – respondeu Arthur, dando um empurrão no lustre que balançava na frente dele.

O lustre atingiu Darkos bem no meio da cara, mas isso não o incomodou mais do que se uma folha do outono tivesse roçado nele.

— Prepare-se para morrer como um herói! — exclamou o guerreiro nobremente.

— Isso é muito fácil de dizer quando se tem uma espada mágica nas mãos — respondeu Arthur.

O guerreiro olhou para a espada e acabou concordando com ele.

— É, é verdade — disse antes de dar um grito e avançar para cima de Arthur como um rinoceronte em cima de uma libélula.

Dessa vez o combate foi ainda mais desigual, porque a espada mágica fez um estrago depois do outro. Darkos cortou pedaços inteiros do vagão, que caíram do trem e aterrissaram do lado de fora com um estrondo. Muito concentrado, Arthur evitava os golpes como podia, até conseguir escapar por um pequeno alçapão que se abria para o teto do trem. Darkos jogou-se na abertura, mas o buraco era estreito demais para ele. Até parece que isso era um problema! Darkos deu alguns golpes com a espada mágica, aumentando o buraco com tanta facilidade como se estivesse fazendo um furo no meio de um purê de batata. O guerreiro pulou para cima do teto do trem, e o duelo recomeçou.

Arthur estava começando a ficar sem fôlego e só por milagre conseguia evitar os golpes. Ele estava cada vez menos preciso nos movimentos. Seu fim parecia próximo. Darkos percebeu que seu adversário estava enfraquecendo e, como bom guerreiro que era, aproveitou para acelerar o ritmo. Arthur não conseguiu mais se defender e acabou tropeçando.

Ele caiu em cima do teto do vagão, à mercê daquele monstro sanguinário. Darkos aproximou-se, já saboreando a vitória.

– Você lutou muito bem, garoto. Vou pendurar sua cabeça empalhada em cima da chaminé – disse muito sério, certo de estar prestando uma homenagem ao adversário.

Arthur não respondeu. Ele não tinha mais nada para dizer. Só lhe restava admitir sua impotência e sua derrota. Ele estava enganado ao pensar que era um herói. Ele não passava de um menino de dez anos que se arriscara demais para sua idade. E foi com esse fatalismo que viu Darkos levantar a espada mágica por cima da cabeça. De repente, uma luz de esperança renasceu nos olhos de Arthur. Ser impiedoso é um erro, um defeito, tal como o egoísmo, a maldade, a vingança. Darkos tinha todos os defeitos que a espada mágica recusava, e ela não demoraria a mostrar isso àquele que a segurava entre as mãos.

– Piedade, meu senhor – começou a choramingar Arthur, para tentar forçar o guerreiro a afundar ainda mais no próprio erro.

– Jamais! – revidou Darkos raivoso, caindo na armadilha.

Darkos levantou mais a espada. Ela imediatamente mudou de cor e ficou tão pesada como a torre Eiffel. Darkos caiu para trás, e a espada mergulhou no teto do vagão.

Muito espantado com aquele novo passe de mágica, o guerreiro olhou para trás, para tentar entender o que acontecera. Mas não teve tempo para entender muita coisa porque nesse instante o vagão passou por debaixo da porta do escritório de Arquibaldo, e Darkos foi atingido bem no meio da cara. O choque foi tão violento que o guerreiro ficou grudado nela como um chiclete num tapete. O trem entrou no sótão, enquanto Darkos escorregava pela porta, caindo inerte no chão.

capítulo 10

Pouco a pouco Francis foi voltando a si. Ele ficou em pé e não entendeu por que sua mulher roncava em cima do sofá àquela hora. Ele também não entendeu por que a sala estava completamente destruída.

– O que aconteceu? – perguntou para Arquibaldo, esfregando a nuca.

– Tivemos uma visita – respondeu o sogro, apontando o dedo para Maltazard.

Francis viu o horrível M. e logo outro desmaio começou a se anunciar. Suas pernas fraquejaram, os olhos reviraram. Arquibaldo deu-lhe uma bofetada, o que sempre pode ser útil quando a pessoa se prepara para despencar no chão como uma maçã madura caindo do galho.

– Agora chega, Francis! Tenha um pouco de dignidade! Mais tarde você despenca! – ordenou Arquibaldo com uma autoridade surpreendente.

Francis acordou de repente, como se alguém tivesse acendido a luz no meio da noite.

– Onde estão meus marshmallows? – perguntou Maltazard a quem podia faltar tudo menos a memória.

– Ah... sim, claro – respondeu Francis, indo para a cozinha imediatamente.

Margarida não estava nada tranqüila. Ela se aproximou do marido e segurou seu braço. Arquibaldo acariciou a mão da esposa, mas em uma situação como aquela era muito difícil tranqüilizar alguém. O melhor seria acabar com aquele pesadelo.

– Eu acho que sei o que você quer, Maltazard. Poupe minha família, e eu o darei a você!

Maltazard sorriu. Ele sempre ficava impressionado quando encontrava uma pessoa dotada de um pouco mais de inteligência do que ele.

– Eu lhe dou minha palavra de honra! – garantiu M., colocando a mão em cima do coração, mesmo que todos soubessem que ele não tinha um.

– Sua palavra de honra? Você não tem nenhuma! – exclamou Arquibaldo.

– Errado! Você esqueceu que, quando o joguei nos porões de Necrópolis, prometi não matá-lo se você me ensinasse alguma coisa nova todos os dias? E mantive minha palavra, não foi?

Arquibaldo ficou calado. A história era verdadeira.

— E hoje eu lhe faço outra promessa: você me entrega o que vim buscar, e eu irei embora da sua casa. Bem... do que resta dela...

— E minha família? – negociou o avô de Arthur.

Maltazard ficou menos à vontade. Poupar vidas não era seu forte.

— Combinado! O grande senhor, que sou eu, em sua infinita bondade, garante que a sua vida e a vida de sua família serão preservadas! – concordou, com um suspiro enorme.

Surpreso, pois a proposta não vinha acompanhada de quaisquer condições, Arquibaldo estava a ponto de confiar na palavra de M.

Mas então...

— Com uma condição! – disse finalmente Maltazard, que dessa vez não podia se vangloriar de ter causado uma surpresa.

— Estou ouvindo – respondeu o avô de Arthur, que realmente não tinha outra escolha.

— Dentro em breve terei um palácio, que meus escravos construirão assim que encontrar o lugar ideal. Quando estiver terminado, eu exijo que Margarida me traga todos os domingos seu famoso bolo de chocolate, decorado com bolinhas brancas e castanhas de caju!

Todos nós sabemos que Maltazard era guloso, mas não a esse extremo!

Arquibaldo franziu as sobrancelhas, inspirou profundamente e ia expressar seu desacordo, quando Margarida exclamou, puxando o tapete debaixo dos pés do marido (e, quando Margarida puxava o tapete, ela não brincava em serviço):

– Combinado! Estarei em seu palácio pontualmente todos os domingos às nove horas da manhã e levarei o que você está exigindo.

A voz era tão autoritária que ninguém ousou duvidar da sua palavra, e só restou a Maltazard inclinar-se diante de tal determinação.

– Fico muito feliz! – disse M., abrindo um sorriso (o que era impossível, pois todo mundo sabe que aquela criatura não tinha a menor idéia do que era felicidade).

Selenia subira no teto do vagão para recuperar a espada que Darkos enfiara ali. A princesa puxou-a pelo punho, e a lâmina saiu do metal tão facilmente como se estivesse enfiada na areia. O que restava do trem diminuiu de velocidade e parou na estação, que ficava debaixo da escrivaninha de Arquibaldo.

– Fim da linha! Desembarquem todos! – gritou Arthur, feliz por ter chegado inteiro.

Um pouco intimidados pelas máscaras africanas penduradas nas paredes, que se projetavam sobre o lugar como efígies esculpidas em rochedos, Selenia e Betamecha se juntaram a Arthur. As centenas de livros arrumados no chão lembravam quarteirões, formando ruas intermináveis nas quais parecia fácil se perder. Arthur aproximou-se de um dos brinquedos que largara por ali. Era uma grua de braço com uma pequena caçamba pendurada na ponta da haste. Arthur empurrou seus companheiros dentro da caçamba.

– E aonde você vai nos levar agora? – perguntou Selenia, que se sentia tão pouco à vontade na caçamba como em uma casca de noz.

– O que precisamos está lá no alto, em cima da escrivaninha do meu avô. Betamecha, com seu canivete, você consegue apertar aquela alavanca que está lá embaixo?

Betamecha deu uma olhada na alavanca, que era um treco preto enorme colocado bem no meio de um controle remoto.

– Sem problema! – respondeu muito seguro de si, ou melhor, de seu canivete de duzentas funções, que, se pudesse falar, zombaria de uma missão tão fácil.

O principezinho pegou o canivete, apontou para o controle remoto e apertou a função 27. Uma dezena de borboletas magníficas saiu do canivete e começou a voar alegremente.

– Xiii! Desculpe! Eu sempre faço confusão com o "borboleteador de grânulos".

Betamecha apontou o canivete novamente para o controle remoto e apertou a função 72. Uma gosma de um verde berrante, asquerosa, empurrou a alavanca dos comandos. A haste da grua começou a subir e levantou a caçamba onde estavam nossos três alegres companheiros.

– Aah! Isso é muito melhor do que o trem! – disse Betamecha, todo feliz, enquanto guardava o canivete.

Selenia debruçou-se para fora para observar os arredores. Havia centenas de objetos desconhecidos espalhados pelo chão. Tudo era novo para a princesa, e ela realmente não fazia a menor idéia para que servia toda aquela bagunça. Imaginem uma criança que mora no campo, que de repente se vê no meio dos arranha-céus em Nova York, e vocês terão uma idéia do que Selenia sentia naquele instante.

Arthur conhecia aquilo de cor e salteado; o lugar não tinha segredos para ele. Mas ele estava muito intrigado com aquele líquido gosmento que saíra do canivete de Betamecha.

– O que era aquele mingau horroroso que espirrou do canivete?

– Baba de girino – respondeu secamente Betamecha.

– E para que serve a baba de girino nesse canivete? – perguntou Arthur, com uma expressão de nojo.

– Ora... como cobertura para as tortas de ovos de lagarta – respondeu o pequeno príncipe, dando de ombros como se aquilo fosse a coisa mais evidente do mundo.

Por sorte, Arthur não comera muito daquele biscoito que eles haviam encontrado, senão ele já teria vomitado tudo por cima da caçamba.

A caçamba chegou ao alto da haste, bem perto da tampa da escrivaninha. Nosso herói equilibrou-se na beirada e pulou para cima da mesa. Selenia fez a mesma coisa, claro que com mais graciosidade.

– Eu vou ficar aqui – informou Betamecha. – Para vigiar a retaguarda.

Selenia não se deixou enganar. Ela sabia muito bem que quando seu irmão fazia esse tipo de proposta não era porque sentisse um heroísmo repentino, mas porque morria de medo só de pensar que teria de saltar por cima do vazio.

— É muito gentil de sua parte — a princesa agradeceu em tom de zombaria. — Assim, quando Darkos chegar, você poderá dar um jeito nele enquanto nós cumprimos nossa missão, não é mesmo?

— Ah... é isso mesmo! — murmurou o pequeno príncipe, que acabara de perceber a enrascada na qual se metera.

Arthur e Selenia escalaram a montanha de livros e objetos diversos, empilhados no fundo da escrivaninha.

Enquanto isso, uma sombra se esgueirara debaixo da porta. Uma sombra assustadora, mesmo medindo apenas alguns milímetros. Darkos já voltara à ativa. Ele perdera algumas lâminas do cocuruto, mas a fera estava muito viva e muito mais na defensiva do que antes.

Betamecha vigiava. Era impossível não vê-lo, porque Darkos parecia uma barata trotando por cima de ladrilhos brancos. O pequeno príncipe tentou assobiar para avisar Arthur, mas o queixo estava paralisado de medo e nenhum som saía dos lábios em forma de buraco de fechadura. Com a espada de três lâminas apontada para frente, Darkos subiu no trem e vasculhou meticulosamente o primeiro vagão. Betamecha tentou assobiar usando os dedos, mas o som que saiu foi tão ridículo que parecia o escape de um fiapo de gás.

Enquanto isso, Arthur ajudava Selenia a escalar o último livro daquela montanha improvisada.

– Para onde estamos indo exatamente? – perguntou a princesa, que começava a ficar cansada.

– Só até a primeira prateleira. Aquela ali! – respondeu Arthur, apontando para cima.

Belos livros estavam cuidadosamente arrumados, o que indicava o interesse especial que Arquibaldo dedicava a eles. Entre dois livros havia um pequeno frasco.

– Espero que meu avô não tenha mudado de lugar o frasco que estou procurando. O líquido nos fará crescer, e nós acabaremos com aquele maldito Maltazard!

Como acontecia cada vez que ela ouvia aquele nome, Selenia teve um sobressalto e por pouco não soltou as mãos. Arthur agarrou-a bem a tempo.

– Perdão! – disse a princesa, fazendo uma careta de culpa.

No entanto, Arthur sabia perfeitamente que pronunciar aquele nome dava azar. Aliás o azar costuma entrar pela porta, sem bater.

Maltazard apareceu, como se quisesse confirmar essa triste superstição. Sua sombra era monstruosa, muito mais ainda do que a do filho, porque media mais de três metros de altura.

Arthur e Selenia ficaram paralisados, as orelhas de Betamecha começaram a tremer, e Darkos esticou o nariz para aquele cheiro de podridão que lhe era tão familiar. Nesse instante, Arquibaldo entrou no sótão seguido de Alfredo, que segurava uma bola na boca. Alfredo parou na soleira da porta. Chegar bem perto de Maltazard e morder seu tornozelo era uma tentação enorme. Arquibaldo viu o vagão do trem todo quebrado no pátio de formação de comboios.

— Ah! Olhe só para isso! Mais uma obra de Alfredo! Quando Arthur vir isso, ele vai dar os parabéns para você! — resmungou o avô, pegando o vagão.

Alfredo abanou o rabo porque ouvira seu nome.

Arthur queria gritar que o cachorro não tinha culpa de nada e que fora Darkos quem destruíra o trem, mas ele sabia que gritar não adiantava nada. Sua voz era fraca demais e nunca chegaria até os ouvidos de Arquibaldo.

O avô de Arthur examinou o vagão dentro do qual se encontrava Darkos, que estava sendo tão sacudido como um pedregulho dentro de um sapato e agarrava-se como podia para não ser lançado para fora.

— Vou tentar consertar isso antes que Arthur volte! Isso evitará que você fique de castigo — disse carinhosamente para Alfredo, como se o cão fosse um velho cúmplice.

Arquibaldo colocou o vagão em cima da escrivaninha. Darkos enfiou-se debaixo da única mesa que não estilhaçara. O velho professor olhou para a prateleira, contou os livros que estavam arrumados em cima dela e pegou o sétimo. Arthur e Selenia, que estavam exatamente de cada lado desse livro, começaram a gesticular freneticamente. "Se ele não consegue nos ouvir, talvez consiga nos ver", pensou Arthur, abanando os braços como se estivesse guiando um porta-aviões.

Arquibaldo pegou o sétimo livro e tirou-o cuidadosamente do lugar. Arthur viu o navio, que não precisava de sua ajuda para sair do porto, passar por ele.

– Vovô! Aqui! Sou eu! Arthur!

Mas, por mais que se esgoelasse e saracoteasse como um espanador, nada adiantava. Arquibaldo enfiou a mão entre os dois livros e pegou o pequeno frasco. Impotentes, Arthur e Selenia viram aquela garrafa gigantesca passar debaixo de seus narizes.

Betamecha estava tão grudado no fundo da caçamba que seus dentes batiam contra o metal, produzindo um pequeno estalido que poderia ser confundido com o barulho de um inseto. Maltazard espichou as orelhas. Aquele tipo de barulhinho sempre aguçava seu apetite. Ele adorava aquelas guloseimas, principalmente quando eram bem fresquinhas e aferventadas em água. Guiado pelo som, M. se aproximou bem devagar de Betamecha, que ficou ainda mais apavorado. Os dentes começaram a bater ainda mais, aumentando o risco de ser encontrado por Maltazard. Mas Arquibaldo colocou-se entre os dois e mostrou o frasco para M.

– Tome, aqui está o que você veio buscar. Eu mantive a minha palavra, agora é sua vez de manter a sua.

Maltazard pegou o frasco cuidadosamente e girou-o entre os dedos em garra. O líquido tinha uma bela cor âmbar, que lembrava a cor do mel.

– O que me garante que este é o frasco certo? – perguntou Maltazard olhando atentamente para Arquibaldo, para ver se ele não ia dizer uma mentira.

– Você provavelmente não sabe ler, mas consegue entender as imagens, não consegue? – respondeu apontando o dedo para a etiqueta.

O Senhor das Tênebras não gostava que implicassem com ele dessa forma. Arquibaldo estava a dois dedos (em garra) de ser alfinetado. O abominável M. olhou para a etiqueta e acompanhou com os olhos os desenhos. Ele viu um homenzinho muito simples, depois outro que bebia alguma coisa e um terceiro que ficava tão grande que quase não cabia na etiqueta. Era preciso ter um Q.I. abaixo de zero para não entender.

Enquanto isso, a alguns metros mais embaixo, Darkos estava na plataforma traseira do vagão. Ele também gesticulava e gritava de ficar sem fôlego:

– Pai! Pai! Estou aqui! Sou eu! Darkos!

Maltazard ouviu um barulhinho, um sussurro distante que o lembrava vagamente de alguém.

– Sou eu! Seu filho! Eu não morri! – se esgoelava Darkos quase arrebentando as cordas vocais.

Dessa vez o pai o ouvira. M. começou a procurar de onde vinha aquela voz anasalada. Embora estivesse quase conseguindo seu objetivo, Darkos não sabia mais o que fazer para chamar a atenção do pai. Então pegou a espada e jogou-a com toda a força na direção de M. A espada fincou na bochecha de Maltazard, que, surpreso com a audácia daquele mosquito, estremeceu. Ele passou a mão no rosto para ver onde havia sido picado e encontrou o pequeno dardo. Ele o arrancou e examinou com curiosidade, porque não era um dardo qualquer. Era uma espada, que ele reconheceria entre mil, aquela que mandara gravar para o filho no dia em que completara um ano. Maltazard redobrou a atenção e discretamente começou a procurar seu pimpolho.

– Ah! Até que enfim! – suspirou Darkos, que estava começando a ficar desesperado.

Mas será que Maltazard estava realmente procurando o filho, ou será que percebera que Darkos estava atrás de Arthur e Selenia, que também haviam ido pegar o frasco? Maltazard aproximou-se lentamente da prateleira e examinou o buraco deixado pelo livro que faltava. Quando Arthur e Selenia viram aquela ameaça se aproximando, eles recuaram e se esconderam em um canto sombrio. Mas raramente as sombras resistem ao olhar agudo do Senhor das Trevas. Maltazard franziu os olhos para poder enxergar melhor e logo descobriu nossos dois heróis.

– Oh, não! – exclamou Betamecha, que da caçamba acompanhava aquele drama.

– Oh, *yes*! – exultou Darkos, começando a dançar de felicidade.

Selenia se colocara em posição de combate, a espada mágica apontada para frente, mas, infelizmente, era preciso ser Merlim, o Mago, para conseguir se livrar de uma situação tão complicada. M. sorriu diabolicamente e já se preparava para estender a mão, quando Arquibaldo recolocou bruscamente o sétimo livro no lugar, o que arrastou nossos dois heróis para a parede do fundo da prateleira.

— Você conseguiu o queria, Maltazard. Agora saia desta casa como prometeu!

M., o Maldito, bem que gostaria de dizer a Arquibaldo que seu neto estava atrás dele, preso entre dois livros, mas Arquibaldo seria capaz de fazer qualquer coisa para salvar Arthur. M. preferiu ficar calado e ir embora de mansinho com seu tesouro. Ele poderia voltar depois com seu novo exército e liquidar toda aquela família adorável. De qualquer forma, hoje o combate seria muito desigual, o que diminuiria consideravelmente seu prazer. Maltazard deu meia-volta e dirigiu-se para a saída.

— Papai? — murmurou Darkos, o braço estendido para aquele pai que o abandonava novamente.

Ele adoraria ter gritado, mas nenhum som saiu de sua boca, como se ela acabasse de compreender que qualquer esforço seria inútil.

Arquibaldo também saiu do escritório, tomando o cuidado de trancar a porta a chave.

capítulo 11

Darkos estava pasmo. Seus olhos se encheram de lágrimas. A angústia o deixara tão paralisado que ele não conseguia mais se mexer. Lá no alto da caçamba, Betamecha debruçou-se na beirada e viu Darkos completamente desamparado na plataforma do trem, como Julieta depois da partida de Romeu.

Arthur e Selenia haviam encontrado uma passagem no fundo da prateleira e saltaram em cima da pilha de livros arrumada sobre a escrivaninha.

— Cuidado! Ali! No vagão! — gritou Betamecha, certo de que estava sussurrando.

Darkos ouviu o aviso, mas ele estava tão aniquilado que nem reagiu. Arthur passou a cabeça bem devagar atrás do vagão e viu o pobre Darkos.

— Cuidado! Ele é ainda mais maldoso que o pai! — sussurrou a princesa.

Mas a infelicidade do guerreiro derrotado era visível. Arthur sentiu-a no coração e resolveu se arriscar. Ele se aproximou de Darkos.

– Olhe, Darkos, eu sei o que você está sentindo e entendo seu sofrimento.

O guerreiro levantou um pouco os olhos. Até a vontade de lutar parecia tê-lo abandonado.

– Sabe, comigo acontece a mesma coisa. Meu pai também não me dá muita atenção. Ele foi para a cidade procurar emprego e me deixou o verão inteiro com meus avós. Eu fico triste, mas sei que no fundo ele gosta de mim – disse Arthur gentilmente, tentando de algum jeito explicar o inexplicável.

– Mas ele, de vez em quando... fica com você? – perguntou Darkos com uma voz quase inaudível.

Arthur hesitou, mas ele não podia deixar de dizer a verdade.

– Sim, de vez em quando.

Darkos suspirou profundamente e sentou-se na beirada da plataforma.

– Esse é meu problema. Meu pai *nunca* está comigo. Nem de vez em quando. Ele nunca diz uma palavra gentil, nunca tem um gesto de carinho, nunca! Ele nem olha para mim.

– Mas vocês conversam às vezes, não conversam? – perguntou Arthur.

– Ele só fala comigo para brigar ou me dar ordens, quando não faz as duas coisas ao mesmo tempo. Eu nem sei se ele me amou algum dia – desabafou Darkos, como se dissesse uma frase proibida, escondida no fundo dele mesmo há anos.

Arthur ficou surpreso com tamanha franqueza. Nem seu melhor amigo na escola falava assim com ele.

– Não que eu queira interromper esse bate-papo entre rapazes, mas temos uma missão a cumprir! – interveio Selenia, aparecendo de repente, tão segura de si como sempre.

Darkos parecia completamente desamparado. Talvez ele teria gostado de continuar a conversa para poder esclarecer as idéias.

– Darkos, acho que a melhor coisa que você pode fazer é perguntar a ele – aconselhou Arthur com sinceridade.

– Como assim? – devolveu Darkos, que não entendia mais nada.

– Você procura seu pai, fica na frente dele e pergunta: "Papai, você gosta de mim?".

– E depois?

– Depois... depois não sei, mas, seja qual for a resposta que ele der, você ficará livre desse assunto.

– Acho que não entendi muito bem o que você quer dizer com isso – respondeu Darkos com uma honestidade desconcertante.

Como suas capacidades mentais eram bem limitadas, com certeza ele precisaria alugar alguns neurônios para compreender o que Arthur dizia.

– Vamos deixar você em paz, assim você pode pensar com calma nesse assunto – intrometeu-se Selenia, puxando Arthur pelo braço.

Darkos não reagiu. Apenas ficou olhando o casal se afastar.

— Eu... eu posso ir com vocês? – perguntou de repente, como se a frase tivesse escapado da boca.

Arthur ficou muito emocionado com aquele pedido tão tocante e surpreendente ao mesmo tempo. Apenas alguns momentos antes, quem imaginaria que Darkos mostrasse tão abertamente uma sensibilidade quase infantil? Certamente não Selenia.

— Darkos, tudo isso é muito simpático, mas as pessoas não mudam de lado com tanta facilidade. Você vem perseguindo os minimoys há luas, e, mesmo meu povo sendo bondoso como é, vai precisar de um certo tempo para perdoar o carrasco que tentou destruí-lo.

Darkos abaixou a cabeça lentamente.

— Eu entendo e... lamento muito – disse, bem sincero.

Selenia estava cada vez mais sem jeito e tinha cada vez mais dificuldade para conter a emoção.

— Primeiro precisamos passar por um período de transição. Resolva seus problemas com seu pai e eu prometo que levarei seu caso ao Conselho.

— Sério? – alegrou-se Darkos como uma criança a quem se promete a Lua.

— Palavra de princesa!

O guerreiro estava muito emocionado. Seu corpo formigava e fazia umas cócegas gostosas, e ele não conseguia mais parar de sorrir, nem impedir que as lágrimas rolassem. Um pouco assustado com aquela coisa que tomava conta dele,

Darkos bem que teria chamado um médico, se houvesse um da altura dele.

Na verdade ele não precisava de um médico. O diagnóstico era fácil: Darkos sentia uma emoção violenta por causa de uma carência de amor crônica. A prescrição da receita também era muito fácil: Darkos devia abrir-se às outras pessoas se quisesse que os outros se abrissem a ele. Essa verdade era imutável, o que lhe valera o privilégio de ser anotada na página 111 do Grande Livro.

A caçamba tocou no chão, e nossos três heróis desembarcaram.

– Precisamos alcançar M. imediatamente! – exclamou Arthur, enquanto parecia procurar alguma coisa.

– Eu sei disso. Mas como? Com estas pernas minúsculas? – disse Selenia.

– A solução tem que estar aqui em algum lugar! – respondeu Arthur, olhando em volta.

Ele encontrou o que procurava quando contornou um castelo de cartas meio desmoronado: um magnífico jipe do exército norte-americano, personalizado segundo as preferências do próprio Arthur. Ele trocara as rodas comuns por rodas de trator, o que dava ao veículo um ar de jipe "Big Foot".

– Ah, não! A gente não vai andar em mais uma dessas suas máquinas de morte! – reclamou Betamecha.

– Se você preferir, pode seguir a gente a pé – disse de brincadeira a irmã, sentando no banco da frente.

Betamecha resmungou um pouco, mas se acomodou atrás.

— Prontos? — perguntou Arthur, com um sorriso maroto nos cantos da boca.

— Hum... sim, eu acho... — respondeu Selenia, agarrando-se à barra de segurança.

Arthur empurrou a alavanca situada na lateral do carro e ligou o motor elétrico. O superjipe deu um pulo para frente e partiu a toda a velocidade. Arthur levou alguns instantes para dominar a máquina e fez alguns ziguezagues entre os livros antes de conseguir controlar a situação completamente.

O jipe começou a andar mais rápido e foi direto na direção da porta.

— Você tem certeza de que vai dar para passar? — perguntou Selenia, preocupada com a altura do veículo.

— Nenhuma! — respondeu Arthur, só para assustar todo mundo.

O veículo já ia explodir contra a porta quando, no último momento, Arthur viu uma pequena rachadura na madeira e entrou por ela de olhos fechados. Lascas de madeira voaram por todos os lados, e as barras de segurança, que ficavam no alto do jipe, foram arrancadas. Nossos três companheiros fizeram muito bem em abaixar a cabeça, porque senão teriam terminado como Tiradentes: com a cabeça cortada.

— Se você dirigisse um gâmulo como dirige esta geringonça, você estaria sem carteira de motorista há muito tempo —

gritou Selenia com toda a força por causa do vento que varria seu rosto.

— É mesmo? E precisa de uma carteira de motorista para dirigir um gâmulo?

— Precisa! E precisa até de duas se for um gâmulo de duas corcovas!

— Aqui também precisamos de uma carteira de motorista para dirigir, mas eu ainda sou muito jovem para tirar uma.

— E ninguém castiga você quando dirige sem carteira? — perguntou Betamecha indignado.

— Castiga. Mas realmente não vejo como a polícia conseguiria me pegar. Eu só tenho dois milímetros! — respondeu Arthur, ziguezagueando no meio de algumas formigas que não pararam de reclamar.

— Barbeiro! — gritou uma delas quando o bólide passou.

O jipe cruzou o patamar da escada e passou veloz na frente de um coleóptero preto que estava escondido na sombra. O animal abriu os olhos fosforescentes e decolou atrás dele.

— O que é aquilo? — perguntou Arthur, olhando pelo retrovisor.

— É uma viatura da polícia! — respondeu Betamecha.

O coleóptero o seguia em vôo rasante, os olhos tão grandes como faróis.

— Uma viatura da polícia? Mas como? — perguntou Arthur, que não conseguia acreditar no que ouvira.

O animal ligou a sirene.

— Já que todas as formigas estão indo em um sentido e você é o único que está indo no sentido contrário, você passa a ser considerado um fora-da-lei — explicou Selenia.

Arthur sacudiu a cabeça, como se quisesse se livrar de um pesadelo.

— Não é possível!

O coleóptero aproximou-se mais, parecendo ainda mais ameaçador.

— Você está dirigindo no sentido contrário! Pare o veículo imediatamente! — cuspiu o patrulheiro com voz anasalada.

— Bom, pelo menos ele não vai prender sua carteira de motorista, porque você não tem uma — comentou Betamecha, fazendo graça.

Mas Arthur nem pensava em parar e desperdiçar alguns minutos preciosos que os fariam acabar perdendo a pista de Maltazard. Ele passou por cima do rodapé que acompanhava a parede para escapar daquele patrulheiro, mas o inseto voador seguiu-o fácil fácil.

O jipe entrou por uma das pontes construídas pelas formigas. A passagem era estreita, e o veículo avançou no meio delas como uma bola de boliche. Quando o bólide passou, as formigas se apertaram contra as laterais e começaram a gritar. Saindo da ponte, Arthur virou à direita e voltou para o patamar da escada, sempre seguido pelo patrulheiro. Arthur olhava sem parar pelo retrovisor. Ele esperou um instante e então virou o volante para a direita. A manobra pegou o coleóptero de surpresa, que não teve tempo de parar. Ele avançou direto para cima de um tiranossauro que estava à espreita e preparava uma emboscada. O monstro enorme podia ser de plástico, mas o coleóptero se arrebentou todo no fundo da mandíbula aberta. O choque foi tão violento que quebrou a mola da mandíbula, que se fechou com um entrechocar de dentes. Do patrulheiro só restaram dois pedacinhos de asa que se projetavam de cada lado daquela enorme mandíbula sobre patas.

Sem parar o carro, Arthur virou a cabeça, olhou rápido para aquela cena e pareceu satisfeito. Ele conseguira se livrar da polícia.

– Mantenha sempre uma certa distância do carro da frente! – disse rindo, com uma pontinha de orgulho.

Ele ouvira essa frase muitas vezes do avô quando os dois rapazes iam à cidade fazer compras para Margarida. Como bom motorista que era, Arquibaldo também dizia outra frase, que nessas circunstâncias era tão útil quanto aquela: "Olhe sempre para a frente". O que Arthur fez com um segundo de atraso. Droga! Ele já estava na beirada da escada, e gritar e pisar no freio não adiantou muito.

O jipe começou a rolar a toda a velocidade pela escada. Arthur não tinha nenhuma vontade de dar uma cambalhota, porque as barras de segurança tinham ido para a cucuia quando o carro passara debaixo da porta. O jipe pulava de degrau em degrau, e nossos heróis tinham a sensação de estar presos no pior dos carrosséis. Em comparação a esse tratamento de choque, uma viagem de noz era um passeio agradável.

O último degrau era o mais importante. O carro usou-o como trampolim e literalmente voou no ar alguns metros. A aterrissagem não foi nada fácil, e os três companheiros foram projetados dos bancos para o chão. O jipe ziguezagueou um instante, mas Arthur retomou o volante e controlou a fera.

Ele viu Maltazard, do outro lado da sala, já indo embora. Arthur agarrou-se ao volante e acelerou na direção dele. Mas o *yeti* se colocou no meio do caminho. Feliz ao ver seu carro preferido, Alfredo abanou o rabo. Como seu dono lhe ensinara a trazer os objetos de volta, ele achou muito natural segurar o brinquedo na boca. Arthur deu um golpe violento no volante para não ser mordido por aquela mandíbula, que era ainda mais impressionante do que a do T-rex, e arrancou como pôde no meio do entulho que se espalhava no chão da sala, mas Alfredo foi atrás dele tão eficientemente como um helicóptero.

– Arthur, faz alguma coisa! Eu não quero acabar na goela do *yeti*! – gritou Betamecha.

– Agarrem-se! – gritou Arthur.

O jipe desapareceu debaixo da cômoda. Alfredo parou na frente do móvel e espichou as orelhas. "Eu não saio daqui enquanto aquele maldito carro não aparecer de novo", pensou o cachorro, que era tão teimoso como sua amiguinha, a mula.

O jipe não demorou a sair na outra extremidade da cômoda e continuou na direção da porta da entrada. Arthur pisou fundo no acelerador e, por um instante, esqueceu que o carro era apenas um brinquedo e que, assim como os freios, o acelerador também era de mentirinha. O que é uma pena, porque

Arquibaldo acabara de fechar a porta nas costas de Maltazard, e Arthur bem que precisaria de freios para não se arrebentar contra ela. O menino virou o volante rapidamente e conseguiu evitar a colisão por muito pouco.

— Vamos perdê-lo! — avisou Selenia ao ver Maltazard afastar-se pela janela.

— Eu ainda tenho uma última carta na manga! — respondeu Arthur, acelerando na direção de outra porta com a firme intenção de não ser parado dessa vez.

— Cuidado! — gritou Betamecha.

Com um reflexo incrível, Arthur conseguiu evitar por um triz a obturação do dente de Francis caída no chão.

Imaginem a catástrofe se Arthur batesse de cara na obturação do dente de seu pai! (Pelo menos, Arthur nunca mais precisaria ir a um dentista...)

— O que é aquela coisa ali? — perguntou Selenia, apontando para aquele pedaço de chumbo horroroso.

— Não faço a menor idéia — respondeu Arthur sem tirar os olhos do caminho.

O jipe aproximou-se da pequena porta dos fundos a toda a velocidade. Selenia começou a ficar preocupada, porque seu motorista decidira passar por aquela porta de qualquer jeito.

— Arthur, ela é de carvalho! O carro vai se arrebentar nela como um mosquito qualquer — avisou a princesa, com a voz um pouco rouca.

— Confie em mim! — respondeu o menino, com um sorriso à Indiana Jones.

O carro arremeteu-se na direção da porta e preparava-se para ser esmagado por ela quando, de repente, ela se abriu sob o impulso do jipe. Arthur passara pela portinhola do gato da porta da cozinha. Selenia suspirou de alívio por ter escapado sã e salva da situação.

– Acabou? Morremos? – perguntou Betamecha, que continuava de olhos fechados.

– Morremos. Durma em paz. Avisaremos assim que chegarmos ao Paraíso – respondeu a irmã, cansada dos comentários do caçula.

O jipe continuou ao longo da pequena varanda que contornava toda a casa. Arthur dobrou a esquina para chegar à entrada principal. Maltazard estava descendo os degraus que davam para o jardim. Os famosos degraus que Simão-o-policial não conseguira descer nem subir.

Arthur estava a apenas alguns metros de Maltazard, mas agora que estava tão perto se perguntou como faria para parar aquela montanha ambulante. Pular em cima dele e escalar por ele até alcançar a mão que segurava o pequeno frasco? A operação parecia completamente impossível. Ou talvez bater com o jipe nas canelas de M. e fazê-lo perder o equilíbrio? Quando o frasco estivesse no chão, Arthur se jogaria em cima dele e beberia o conteúdo. Esse plano o agradou e, mesmo não adiantando nada, ele pisou fundo no acelerador para ganhar coragem.

Maltazard já dera alguns passos no jardim quando Arthur apareceu no alto da escada. O carro se elevou no ar, voou alguns metros e mergulhou no meio de um feixe de capim, a alguns centímetros do tornozelo de Maltazard. O carro estava imobilizado, e só restava a Arthur olhar, impotente, para M., o Maldito, que desaparecia na floresta.

— Como era mesmo seu plano? Acho que não entendi direito — comentou a princesa, frustrada ao ver seu inimigo escapar.

— Um plano péssimo! — concordou Arthur, franzindo as sobrancelhas.

Francis finalmente encontrara o pacote de marshmallows. Ele o escondera tão bem para Arthur não encontrá-lo que nem ele sabia mais onde o guardara.

Ele voltou para a sala exibindo o pacote fechado na mão trêmula.

— Pr-pr-pronto. A-aqui es-está — gaguejou, com a melhor das intenções.

Mas Maltazard desaparecera, deixando para trás apenas escombros e poeira. Rosa continuava dormindo em cima do sofá como se estivesse aguardando a chegada do orvalho ou, quem sabe, de um príncipe encantado.

Arquibaldo estava um pouco mais afastado e embalava Margarida carinhosamente entre os braços.

— Ele... ele foi embora? — perguntou Francis com uma pontinha de tristeza na voz.

— Foi — confirmou Arquibaldo. — E tomara que não volte nunca mais!

capítulo 12

Cheio de raiva, Arthur caminhava por aquela grama, que se transformara em uma floresta. A necessidade de dar vazão a sua frustração era tão grande que ele chutava todas as pedras que encontrava no meio do caminho.

– Correr atrás dele não vai adiantar nada. Ele já está muito longe – disse mal-humorado.

– E cada vez que ele dá um passo nós temos que dar cem! – acrescentou Betamecha, deixando-se cair no chão, exausto.

Arthur espumava, mas ele não podia fugir da realidade: caminhar era inútil. Só uma boa idéia poderia tirá-lo daquele impasse.

– Precisamos encontrar uma solução! – disse, começando a caminhar em círculos, como um camundongo na roda.

– E rápido! Antes que M., o Maldito, resolva os problemas a seu modo – acrescentou Selenia, que também começara a caminhar em círculos, mas no sentido contrário.

– Precisamos encontrar um produto que nos faça crescer – sugeriu Arthur, esfregando as têmporas. – Encontrar, ou fabricar o produto. Mas para fabricá-lo precisamos conhecer a composição. Eu tenho certeza de que meu avô deve ter isso em algum livro. Temos que voltar para o escritório! Vamos!

– Arthur, seja realista! Sem o carro você vai levar horas para chegar lá em cima – gritou a princesa.

O menininho de dois milímetros de altura olhou para sua casa lá longe. Ela parecia uma montanha inacessível. A princesa não estava errada, mas os bogo-matassalais o haviam ensinado a ser um verdadeiro guerreiro, e ele não podia interromper a luta agora.

– Selenia, eu não vou ficar aqui parado, sem fazer nada. Eu não posso ficar de braços cruzados e esperar até que M. invada meu mundo e o destrua! – disse com veemência, sentindo o desespero tomar conta dele.

– Talvez eu tenha uma solução – disse a princesa timidamente.

A esperança renasceu nos olhos de Arthur.

– Um dia, durante a aula de ciências, Miro mencionou um certo preparado. Eu era a melhor aluna da classe – disse com muito orgulho.

– Não tenho a menor dúvida – respondeu Arthur, impaciente para saber o resto.

– Era uma espécie de líquido, grosso como uma pasta, muito poderoso, feito à base de seleniela. Se a memória não me falha, há apenas uma pessoa capaz de fabricá-la...

Arthur ficou imóvel como um coelho na frente de uma cenoura.

– A rainha das abelhas! – completou a princesa finalmente para colocar um ponto final no suspense.

Arthur estava um pouco decepcionado. Negociar com a rainha das abelhas parecia ser tão complicado como ir à Lua.

– Será mais rápido voltar ao escritório e consultar os livros. Como você pretende encontrar a rainha de uma colméia que está só Deus sabe onde?

Selenia deu um pequeno sorriso e fixou seus lindos olhos nos de Arthur.

– Uma vez na vida você vai ter que confiar em mim – respondeu muito segura de si.

Aos poucos Rosa voltava a si. O cheiro do marshmallow que o marido passava debaixo do seu nariz começara a agir.

– Ah! Caramelo! Que gentileza! – exclamou ela ao ver a guloseima.

Que Rosa trocasse um caramelo por um marshmallow não espantará ninguém, porque ela era míope como uma toupeira, mas não deixa de ser preocupante que ela confundisse esses dois doces de cheiros tão diferentes. Maltazard devia ter batido na cabeça dela com muita força e ter perturbado seus sentidos. Rosa pegou o marshmallow e devorou-o gulosamente.

– Humm! Caramelos são realmente uma delícia! – disse, lambendo os beiços e confirmando que seus sentidos realmente haviam sido seriamente perturbados.

Maltazard de fato exagerara.

Como se estivesse colocando uma coroa de flores em cima de um túmulo, Francis, com delicadeza, colocou uma compressa fria em cima da testa de Rosa.

– Descanse, querida – recomendou o marido, obrigando-a a se deitar de novo.

Rosa sorriu e deixou-se mimar.

– Onde está Arthur? – perguntou muito inocentemente.

Ter o filho a seu lado naquele momento tão delicioso teria o efeito de aproximá-la ainda mais do Paraíso.

– Ele... ele está no quarto – murmurou o pai, tão convincente como um dentista que afirma que não vai doer nada.

– Diga a ele que venha aqui quando terminar os deveres e os mostre para mim – respondeu a mãe, totalmente desconectada da realidade.

Francis ficou atordoado com o pedido.

– Hum... sim, claro. Vou falar com ele agora mesmo – disse, saindo da casa para o jardim, como se o quarto do filho ficasse entre duas macieiras.

Como sempre, o destino faz bem as coisas. Francis estava certo em procurar o filho no jardim, porque ele passou a alguns centímetros dele.

Infelizmente para Arthur, os centímetros equivalem a quilômetros na escala dos minimoys, e ele nem perdeu tempo em chamar pelo pai, porque sabia que seus gritos não seriam ouvidos. No entanto, como ele estava no centro de uma papoula, ele agitou os pistilos com toda a força.

– Você tem certeza de que isso vai funcionar? – perguntou para Selenia, que estava sentada na pétala superior.

– Sempre funciona! – garantiu a princesinha, vigiando o horizonte como uma águia no topo de uma montanha.

Arthur continuou a sacudir os pistilos como se fossem galhos de jabuticabeiras. Betamecha apareceu com os braços carregados de ovos de libélula. Ele sentou ao lado da irmã e começou a devorá-los.

– Alguma vez você já viu um coelho resistir a uma cenoura? – perguntou para Arthur.

– ... não.

– Um pinto resistir a uma minhoca?

– Não.

– Uma lagarta resistir a uma folha de repolho?

– Não.

– Um gâmulo resistir a grafanhotos-grocantes?

– Hum ... não, nunca!

– Pois então você nunca verá uma abelha resistir a uma bela flor como esta – concluiu Betamecha antes de se auto-interromper e encher a boca de ovos de libélulas.

A princesa deu um leve sorriso, não por causa da piada do irmão, mas porque ela acabara de ver o que esperava fazia cinco minutos.

A abelha voou na direção da flor e diminuiu de velocidade como um enorme helicóptero em fase de aproximação. As batidas das asas eram superpoderosas, e Arthur teve alguma dificuldade para resistir àquele vento violento. Ele se agarrou aos estames como pôde.

A abelha pairou no ar e começou sua operação de bombeamento. Selenia pulou em cima das costas do inseto e agarrou-se com uma das mãos nos pêlos do dorso do animal. Betamecha engoliu o que tinha na boca e imitou a irmã.

– E agora, o que faço? – gritou Arthur bem alto para encobrir o barulho infernal daquela fábrica voadora.

– Quando ela estiver cheia, ela primeiro vai baixar um pouco e depois fazer a curva. Nesse instante você salta – respondeu Selenia, falando bem alto também.

Embora todo seu corpo quisesse gritar "não", Arthur acenou um "sim" meio bobo com a cabeça. A abelha terminara sua missão. A enorme bomba de sucção retirou-se da flor, e, como previra Selenia, o inseto ficou um pouco mais baixo.

– Agora! – gritou a princesa.

Certas vezes é melhor não pensar muito quando queremos fazer alguma coisa, especialmente quando é uma bobagem. Arthur encheu os pulmões de ar, deu um grito enorme para se encorajar e saiu correndo na direção do vazio. Imagine-se correndo e saltando de uma falésia para agarrar um helicóptero. Foi mais ou menos isso.

Arthur aterrissou em cima da penugem macia da abelha. Macia, mas escorregadia, e ele começou a se preparar para cair no chão duro. Felizmente, Selenia agarrou-o no momento exato pela gola da camiseta e ajudou-o a se acomodar atrás dela.

Arthur abraçou as costas da princesa com toda a força, como um náufrago se agarraria a um pedaço de madeira.

– Ei! Não aproveite a situação para passar suas patas onde bem entender! – reclamou a princesa, dando um tapa na mão de Arthur.

– Desculpe, foi... foi sem querer – garantiu o menino, que ainda era muito jovem e também muito respeitador para ter maus pensamentos.

Betamecha deu uma gargalhada.

– Enrole a mão em volta de um pêlo e você ficará mais solidamente enraizado do que uma árvore na terra – aconselhou.

Arthur seguiu o conselho, mas deixou um braço em volta da cintura de Selenia.

– Assim está melhor – concordou a princesa, sempre preocupada com o protocolo. – Agora só precisamos esperar que dona abelha já esteja terminando seu passeio, porque senão ela vai parar em cima de todas as flores que encontrar a caminho da colméia.

A bela colméia continuava no mesmo lugar, pendurada no galho do grande carvalho que a protegia, mas o visitante que se aproximava dela não era Arthur. Era Maltazard. Felizmente, ele não tinha nenhum interesse naquele pote de mel ambulante. Ele passou debaixo da colméia sem nem ao menos lançar um olhar naquela direção. O que o interessava estava um pouco mais adiante. Era um pequeno charco esverdeado, fétido, nada acolhedor. Maltazard sorriu como se tivesse chegado em casa. Ele afastou a capa para o lado, pegou um pequeno tubo e desarrolhou-o com cuidado. O tubo era um pedaço de bambu finamente esculpido, com uma correia de couro trançada em volta. M. deu uma olhada no interior. No fundo do tubo havia cerca de cinqüenta seídas, amontoados uns em cima dos outros, provavelmente os únicos que se salvaram do naufrágio. Você deve lembrar que, durante a inundação provocada por Arthur, que custara a Maltazard seu reino, o vilão conseguiu escapar com alguns seídas, os mais valentes, os fiéis entre os fiéis, que, naquela época, formavam sua guarda pessoal. Aqueles soldados nunca o abandonaram e lhe eram totalmente devotados.

– Vamos, meus gentis carneirinhos! Vocês vão finalmente tomar um pouco de ar – disse como se de fato estivesse falando com carneiros.

Maltazard aproximou-se daquele charco horroroso e esvaziou todo o conteúdo do tubo naquele pedaço de pântano, ou seja, todo o bando de seídas. Depois, desarrolhou o pequeno frasco que recebera de Arquibaldo e levantou-o acima da cabeça.

– É chegada a hora da vingança! – anunciou solenemente.

Os guerreiros seídas, que estavam na superfície do charco, não perderam tempo: cada um pegou um jovem mustico e montou. Aqueles soldados eram tão bem treinados que não precisaram de mais do que alguns segundos para dominar suas montarias. Como todos sabem, o jovem mustico nasce na superfície da água e sempre atravessa um período delicado durante a fase de crescimento. Ele está suficientemente formado para manter-se em cima da água, mas seus músculos ainda não lhe permitem decolar da superfície. Seguindo ao pé da letra a doutrina de seu mestre, que sempre os aconselhara a atacar o inimigo enquanto ele ainda estava indefeso, os seídas sempre exploravam esse pequeno momento de fragilidade dos musticos.

– Que a Deusa da Floresta esteja convosco! – proclamou M. majestosamente, mais por hábito do que por outra coisa, porque ele não acreditava em ninguém, nem mesmo na famosa deusa.

Ele derramou o líquido do frasco lentamente dentro do charco até a última gota e depois o jogou por cima do ombro, displicentemente.

Alguns segundos e nada acontecia. Maltazard começou a ficar preocupado. Será que Arquibaldo lhe teria pregado mais uma de suas peças, e substituindo o produto legítimo por um suco qualquer? (Isso era conhecer mal o avô de Arthur. Arquibaldo só tinha uma palavra, e ele sempre a mantinha.)

A água começou a ferver, e formas emergiram na superfície. Os seídas e suas montarias cresciam a uma velocidade alucinante, cem vezes mais rápido do que um suflê de queijo. As patas dos musticos se desdobraram como pernas de pau gigantescas, e os músculos dos seídas incharam como balões de ar. Em pouco tempo, as equipes, que antes mediam apenas alguns milímetros, adquiriram o tamanho de um helicóptero, e uma verdadeira esquadrilha de combate pairou no ar por cima do charco. As batidas enérgicas das asas dos musticos enrugavam toda a superfície da água. O barulho era ensurdecedor, e a floresta se esvaziou de todos seus habitantes, a quem aquela invasão aterrorizara.

Maltazard agora podia exibir um sorriso de satisfação. Seu exército preferido estava de novo a sua frente. Claro que o grupo era um pouco reduzido, se comparado às áureas épocas, quando centenas de legiões de seídas desfilavam diante de sua pessoa, mas os tempos mudam, e aquele exército de mercenários que se enfileirava diante dos olhos de seu mestre daria para o gasto, no início. Maltazard certamente não tinha a intenção de parar por ali. Ele não viera aterrorizar a floresta ou apenas assustar alguns camponeses locais, mas para invadir esse novo mundo e dominá-lo. Para satisfazer essa ambição ele precisaria, obrigatoriamente, de um exército muito maior. Mas cada coisa a seu tempo.

"Não vamos comer os bois antes que sejam desatrelados da carroça", pensou Maltazard, sem saber que ele modificava de forma extremamente exagerada o sentido desse magnífico provérbio minimoy. O original era muito mais profundo, e o Conselho, aliás, não hesitara em inscrevê-lo na página 10 do Grande Livro.

Na realidade o provérbio inteiro dizia: "Não se deve colocar a carroça na frente dos bois, mas atrás, amarrada com um cinto de segurança, como fazemos com as crianças". O que não tinha muito a ver com a versão de Maltazard, nem mesmo com aquela que Arquibaldo um dia transmitira ao rei, que era simplesmente o seguinte: "Não se deve colocar a carroça na frente dos bois".

Mesmo se essa versão nos parece, a nós, humanos, mais lógica e familiar, ela não fazia nenhum sentido no país dos minimoys. Na época, Arquibaldo tentara entender por qual milagre lingüístico o provérbio acabara sendo tão deformado. A resposta estava na ortografia: os "bois", tão comuns para nós, eram completamente desconhecidos para os minimoys. Por outro lado, havia o ebô, que era um animalzinho de companhia que todos conheciam. Ele era pequeno, seu pêlo era sedoso e mudava de cor sem parar. Quando a pessoa o sacudia um pouco, ele fazia um ruído como um guizo. Era a alegria das crianças. Em contrapartida, sua saúde era frágil e ele se resfriava à toa. Por isso aconselhava-se deixá-lo na traseira da carroça junto com as crianças. Como ele não pesava quase nada, também se recomendava prendê-lo muito bem com o cinto de segurança.

Mas chega de explicação... Voltemos ao charco.

Para o grande orgulho de seu soberano e mestre, cerca de cinqüenta seídas flutuavam cavalgando seus musticos por cima do pântano. Um deles conduziu um mustico até Maltazard, que montou nele imediatamente.

Maltazard parecia felicíssimo de ter reencontrado sua montaria favorita. Ele testou um pouco as reações do animal, dominou-o e impôs sua presença. O mustico dobrou-se rapidamente às exigências do mestre.

M. ergueu os braços, ainda mais aquele da pinça, e conclamou:

– Meus caros seídas! Aqui estamos novamente reunidos para meu enorme deleite!

O soberano fez uma leve reverência, e os seídas da primeira fila aplaudiram. Mas o ronco das asas dos musticos era tão forte que abafava tudo. Os seídas da última fila da esquadrilha começaram a reclamar.

– O que foi que ele disse? Eu não consigo ouvir! – gritou um deles para o vizinho.

– Nada de importante. É o mesmo discurso de sempre – respondeu o colega, dando de ombros.

Felizmente Maltazard não estava a par dessas conversas. Ele já matara por menos que isso.

– Meus caros guerreiros! Sigam-me, e eu os conduzirei à vitória! – gritou, tão convincente como Joana d'Arc.

Uma onda de fervor atravessou as fileiras. Os seídas brandiram suas armas aos gritos. Maltazard quase explodiu de alegria, e logo saiu voando pela floresta seguido por seu exército de monstros voadores.

Margarida estava na varanda da casa, o rosto tenso, os ouvidos atentos. Ela escutava claramente um zumbido inquietante que se elevava acima da floresta, mas não conseguia determinar a origem.

– O que será que está fazendo um barulho tão desagradável? – perguntou ao marido.

Arquibaldo não soube o que responder, embora desconfiasse de que Maltazard tivesse algo a ver com aquele zunzunzum.

– Deve ser o Rigot lavrando o campo. Ele acabou de comprar um trator novo em folha. Dizem que ele até dorme nele – brincou Arquibaldo, tentando mudar de assunto.

Mas o avô de Arthur era um péssimo mentiroso, e Margarida sabia disso muito bem.

– É muito gentil da sua parte querer sempre me proteger, mas eu tive que sobreviver durante três anos sem você. Aprendi a me defender. E agora sou forte, sabe?

Ela disse isso tão gentilmente que Arquibaldo se sentiu como um idiota por ter mentido. Ele passou o braço em volta dos ombros da esposa.

– Desculpe, Margarida. Eu estava brincando. Às vezes é difícil aceitar a verdade. Ela desce melhor quando a gente a envolve em uma mentirinha.

– Eu não tenho medo da verdade, Arquibaldo. Ela nunca destrói a esperança.

– Você tem razão – respondeu o marido, suspirando. – Acho que é Maltazard que está fazendo esse barulho horrível. Não sei exatamente o que está aprontando, mas certamente não é nada de bom – acrescentou com franqueza.

Margarida recebeu a má notícia sem vacilar.

– E meu pequeno Arthur? Você sabe onde ele está?

Arquibaldo não fazia a menor idéia.

— Provavelmente correndo atrás de Maltazard em algum canto do jardim.

As pernas de Margarida tremeram. A gente deve sempre dizer a verdade, mas às vezes ela é difícil de engolir. Arquibaldo segurou sua mulher para que não caísse.

— Ora, você conhece nosso pequeno Arthur. Não há menino mais valente do que ele. Tenho certeza de que voltará dessa aventura ainda mais forte do que antes.

Margarida deu um grande suspiro e decidiu ter uma atitude positiva.

— Vou para a cozinha preparar um bolo de chocolate para festejar a volta de Arthur.

— Ótima idéia! — respondeu o marido, beijando-a na testa.

Margarida foi para seus fornos com passos lentos, que traíam o cansaço e a emoção. Arquibaldo voltou-se para a floresta e observou aquele manto vegetal espesso que camuflava tantos segredos.

— Arthur, onde será que você está? — sussurrou, com o rosto preocupado.

capítulo 13

Arthur e seus companheiros de viagem continuavam montados nas costas da abelha.

– Já não era sem tempo! – exclamou Betamecha, que começava a achar que o tempo não passava.

Mas dona abelha era uma operária trabalhadora e parara em 17 flores para encher seus estoques, antes de voltar, tão pesada como um dirigível, para sua base de operações.

A entrada da colméia formigava de abelhas.

(Atenção! Não devemos jamais usar essa expressão na frente de uma abelha, porque qualquer alusão a uma formiga, essa casta considerada inferior, será muito mal recebida. É melhor não fazer isso. Seríamos considerados não apenas pessoas desagradáveis, mas também insultantes, e uma abelha é o pior inimigo que se pode desejar. Devemos, portanto, escolher uma expressão completamente neutra, como, por exemplo: a entrada da colméia estava congestionada de abelhas.)

Bem, centenas de abelhas se roçavam em um balé perfeitamente coordenado. Os cargueiros vazios cruzavam com os cargueiros cheios, que mergulhavam no interior da colméia para descarregar o alimento.

Arthur se agarrou ao pêlo do inseto em que estava montado e engoliu em seco quando a abelha entrou no salão principal. O lugar era imenso. Nas paredes douradas havia centenas de alvéolos; dentro deles, cada abelha depositava o resultado de sua coleta. Parecia uma muralha de edifícios vista de uma visão panorâmica de 360°, indo do chão até o teto. Era como se fosse uma muralha de ouro.

Centenas de abelhas se cruzavam no centro daquele templo com uma algazarra ensurdecedora. No entanto, a algazarra não impedia a disciplina, e as moças pareciam tão bem organizadas como um grupo de japoneses. O espetáculo era incrível, mas Arthur não pôde aproveitar muito, pois estava morrendo de medo. É verdade que ele já passara por outras experiências, desafiara Maltazard e seu exército, combatera Darkos-o-terrível praticamente de mãos nuas e, no entanto... estava paralisado de medo porque acabara de lembrar, bem ali, bem no meio da colméia, circundado por centenas de abelhas dez vezes maiores do que ele, que ele era... alérgico a picada de abelha!

Quantas vezes o médico não avisara seus pais: "A menor picada pode ser fatal ao menino!". Ele até aconselhara que mantivessem o garoto trancado em casa durante todo o verão. Era o mesmo que dizer para manter um peixe fechado dentro de uma cesta para ovos. Arthur conhecia sua fraqueza e, cada vez que deparava com uma abelha, ele se comportava como um cavalheiro. Nunca tivera problemas. "Respeite a abelha e ela o respeitará", aprendera com o chefe dos matassalais. Ele jamais desobedecera à regra.

Mas será que era respeitoso chegar assim à casa das pessoas sem ser convidado? Arthur ainda se lembrava de um documentário a que assistira, onde um enxame de abelhas atacava uma visita indesejável. No caso era um urso que estava roubando mel sem a menor cerimônia. Portanto, não era de espantar que elas tivessem atacado o animal. Mas o urso não ligara para as picadas, espantando as guerreiras com grandes patadas. Por princípio, as patas de Arthur eram menores, e sua pele era menos grossa, e é claro que ele não tinha nenhuma intenção de roubar o mel, mas tente explicar isso às abelhas quando você já está bem no meio da colméia. Uma grande abelha sem riscas posicionou-se na frente da abelha de Arthur e impediu a passagem.

– O que está acontecendo? – sussurrou, escondendo-se como podia entre os pêlos do inseto.

– É a polícia federal. Ela deve ter nos visto – respondeu Selenia, sem se afobar.

Arthur começou a transpirar e teria adorado poder suar ainda mais, sumindo dali como um esquimó ao sol. De repente, a abelha policial deu um grito muito estridente. Provavelmente era o sinal de ataque. Arthur começou a rezar. Todas as abelhas pousaram na frente de seus alvéolos e fecharam as asas de uma vez só. Em pouco segundos fez-se silêncio quase absoluto. Ouvia-se apenas uma brisa que assobiava ao entrar na colméia, como se voltasse do trabalho. Mas ouviam-se também os dentes de Arthur, que batiam ao ritmo do assobio. Selenia segurou o queixo do garoto com as duas mãos e fechou aquela matraca.

– Silêncio! Só se ouve você! – murmurou a princesa.

No fundo da colméia, uma abelha enorme despegou-se de um alvéolo visivelmente pequeno demais para ela. Todas as abelhas acolheram aquela aparição com entusiasmo, e um clamor elevou-se na colméia. A rainha-mãe balançou as antenas como se saudasse seu povo. Escoltada pela polícia, a abelha de Arthur dirigiu-se imediatamente para a soberana, e o pobre menino teve a impressão de ver sua mão aproximar-se do fogo – ou, melhor, seu traseiro aproximar-se da seringa que a enfermeira segurava na mão. Pelo menos, se fosse a enfermeira, ele saberia que era para seu bem, mas quando viu a cabeça da rainha, com seus enormes olhos pretos, ele se perguntou quanto tempo de vida ainda lhe restaria. A abelha-transportadora inclinou-se um pouco, bem diante da rainha. Selenia entendeu a mensagem e pulou para o chão, na frente do trono. Betamecha fez a mesma coisa, contente de poder esticar as pernas. Nisso tudo, o que mais surpreendera Arthur não era viajar de abelha nem saudar a rainha, mas que Selenia e Betamecha estivessem tão descontraídos como se tivessem ido catar conchinhas na praia.

E se o perigo não fosse tão grande assim? Talvez, se seguisse o protocolo à risca, ele poderia ser poupado. Claro que eram apenas suposições, mas Arthur resolveu se mostrar à altura da situação. Ele pulou no chão e aproximou-se timidamente da rainha.

— Meus... meus respeitos, Vossa Majestade — cumprimentou-a um pouco reticente.

— Não perca seu tempo, ela não entende nada — avisou Selenia.

— Precisamos esperar o tradutor — acrescentou Betamecha, que sempre estava a par dos protocolos.

A abelha-polícia arrancou a cera de um alvéolo e puxou para fora, pelos pés, um estranho personagem. Era um velho minimoy, peludo e completamente lambuzado de mel da cabeça aos pés.

— Que negócio é esse de acordar as pessoas assim, bem no meio do sono! — resmungou o velho.

— É Valiome, o tradutor. Ele só pensa em dormir — explicou Selenia para seu companheiro.

— Ele é primo de Hipnos, o passador do raio, e cunhado de Narcos, o passador de bolhas — especificou Betamecha, sem que fosse realmente necessário, considerando a semelhança evidente entre os três passadores.

— E dizer que aceitei este emprego de tradutor porque me garantiram que seria um trabalho tranqüilo. Se for para ser incomodado o tempo todo, prefiro voltar para casa — continuou resmungando o velho minimoy enquanto tentava se livrar de um grosso fio de mel preso na barba.

— Por quê? Você recebe muitas visitas? — perguntou Betamecha.

— Não. Esta é a primeira, e espero que seja a última! — rosnou o velho barbudo.

— Se você traduzir para a rainha o que tenho para dizer, prometo que irei logo embora e você poderá voltar para a cama — disse Selenia.

— Você é muito gentil — resmungou o tradutor (que de gentil não tinha nada!).

— Eu sou a princesa Selenia de Matradoy, a 16ª da dinastia, soberana das Primeiras Terras. Em nome do meu povo me inclino diante de Vossa Majestade.

Valiome, o tradutor, tirou uma flauta pastoril do bolso. O instrumento era muito bonito e parecia ter sido entalhado em um osso de pena de pássaro. Havia desenhos minimoys em volta do instrumento, que estava perfurado com cinqüenta buracos, no mínimo. Era realmente preciso ter estudado muito para utilizá-lo, principalmente quando só se tinha oito dedos como todo minimoy. Mas Valiome era diplomado pela famosa Academia do Rouxinol, onde professor Berlisse, o honrado mil-patas, ensinava desde o início dos tempos. Berlisse falava tantas línguas quanto o número de patas que tinha e era também o inventor da flauta-tradutora. Havia uma flauta para cada língua. A flauta das abelhas era uma das mais simples. A mais complicada era, sem dúvida, a do grilo mexicano: tinha cerca de mil buracos, e Berlisse, é claro, era o único que conseguia tocá-la, porque ele tinha uma pata para cada nota.

Valiome inspirou profundamente e soprou a flauta, dedilhando rápido por cima dos pequenos buracos. Um leve chiado saiu do instrumento, e a tradução devia estar correta, porque a rainha também se inclinou.

– Ela agradece e pergunta com que direito vocês entraram dessa maneira na colméia – traduziu o passador.

Arthur começou a ficar preocupado, sobretudo porque a abelha-transportadora o observava insistentemente.

– O assunto é da maior importância. Nosso mundo está em perigo. M., o Maldito, jurou acabar com ele. Se não reagirmos, nosso mundo logo será dele, e o terror e a destruição serão nosso destino.

A princesa fora bem enfática. Ela sabia que seu discurso era da maior importância e que a assembléia era difícil de ser convencida. Valiome dedilhou sua flauta para fazer a tradução simultânea.

Uma das abelhas-policiais aproximou-se da rainha e deu a impressão de que confirmava as informações de Selenia. Era verdade que fazia algumas horas que um rumor vinha se espalhando pela colméia: uma vespa vira passar um exército de musticos gigantescos, com Maltazard na frente. Contudo, como a informação provinha de uma vespa, uma prima distante que não podia ser levada muito a sério por causa de seu comportamento freqüentemente anárquico, ninguém assumira a responsabilidade de fazer aquele boato chegar até a rainha.

— Proponho uma aliança. Somente nossas forças reunidas poderão expulsar de nossas terras esse vilão — prosseguiu a princesa.

Tudo isso era muito bonito, mas realmente era difícil perceber que força ela podia propor a um esquadrilha de abelhas que já estavam muito bem armadas com seus ferrões. A rainha ouviu atentamente a tradução, que pareceu deixá-la perturbada.

— Que tragédia você propõe?

Selenia e Arthur se entreolharam. O que "tragédia" tinha a ver com a história? O tradutor repetiu a pergunta e recebeu uma resposta um pouco diferente.

— Estratégia! Qual é sua estratégia? O erro foi meu!

Valiome debruçou-se um pouco na direção da princesa e disse, discretamente:

— A rainha tem a língua um pouco presa. E detesta quando se faz qualquer comentário a respeito.

Era um detalhe a ser lembrado, porque era melhor nunca irritar a rainha das abelhas.

— A estratégia é simples: nosso melhor cavaleiro está aqui presente. Ele se chama Arthur.

O menino enrubesceu no mesmo instante. Ele não esperava receber um elogio tão bonito em um momento de tanta tensão.

— Ele conhece o mundo dos homens muito bem. Ele vem de lá.

Um arrepio percorreu a assembléia. Todos os ferrões começaram a vibrar automaticamente. Mesmo pequeno, o homem continuava sendo o inimigo principal das abelhas. Quando ele não as escravizava, saqueava o resultado de suas coletas ou as atacava com gás. As abelhas só tinham más recordações ligadas ao homem, e todos os olhos negros estavam fixos em Arthur, que quase não conseguia ficar em pé de tão mal que se sentia.

A abelha-transportadora tomou a liberdade de aproximar-se da rainha e murmurou-lhe alguma coisa ao ouvido. Valiome ficou muito emocionado quando ouviu o que a abelha-transportadora dizia, e depois traduziu:

– Esta jovem abelha reconheceu Arthur. Ela disse que ele salvou sua vida quando ela estava presa na armadilha de um indivíduo horroroso.

– M., o Maldito? – sussurrou Betamecha, com a mesma ansiedade de sempre.

– Hum... não, meu pai – respondeu Arthur, um pouco chateado por ter de confessar sua ligação com aquele maluco.

Valiome continuou traduzindo:

– Este jovem príncipe soltou suas patas uma por uma da geléia, soprou em cima dela para ajudá-la a respirar e esperou até que ela voasse para então destruir a armadilha.

Um clamor elevou-se na assembléia, o equivalente a uma explosão de aplausos para festejar um gol marcado no último segundo. As abelhas jamais haviam ouvido uma história tão bonita. A rainha pediu silêncio e perguntou o que ela poderia fazer para ajudar o jovem herói em sua missão.

– Para enfrentar Maltazard, ele precisa crescer novamente e passar para o outro mundo – explicou a princesa. – E só Vossa Majestade é capaz de ajudá-lo.

– Como ela vai fazer isso? – perguntou Arthur para Betamecha.

– A rainha pode fabricar a poção de que você precisa. É um mel tão concentrado que contém todas as vitaminas necessárias para fazer crescer qualquer coisa, ou qualquer um. A rainha só fabrica uma gota por ano, que é dividida entre todas as abelhas. Isso lhes dá energia suficiente para passar o inverno.

Arthur estava atônito e imaginava os estragos que um produto desses causaria se caísse em mãos erradas.

– O problema é que fabricar esse elixir cansa demais a rainha. Nada garante que ela vá concordar em produzi-lo – completou Betamecha, franzindo as sobrancelhas.

A rainha estendeu as antenas, parecendo escutar o que lhe dizia o clamor que vinha da assembléia.

– Ela concordou! – anunciou o tradutor em tom de júbilo.

Arthur e Selenia se abraçaram, soltando gritos de alegria.

– Estamos salvos! – gritou a princesa, com um sorriso gigantesco que iluminou seu rosto.

Nunca é bom se alegrar demais antes do tempo, principalmente quando se trata de socorrer alguém. Um barulho enorme aproximou-se da estrada. Francis aguçou os ouvidos. Ele recolocou a compressa em cima da testa de sua mulher e levantou-se.

– Parece que temos visita – disse preocupado.

– Vou fazer uma limonada – disse Rosa sentando no sofá.

– Ah, não! Nada disso! – proibiu Francis, segurando-a antes que ela se levantasse.

– Mas essa pobre gente deve estar morta de sede com este calor. É meu dever fazer de tudo para que se sintam bem – respondeu Rosa ainda meio tonta, e não apenas por causa do calor.

Francis deu uma olhada pela janela.

– Essas pessoas têm como acabar com a sede do mundo inteiro, acredite! – respondeu, puxando-a pelo braço até a porta.

Um caminhão vermelho brilhante acabara de parar na pequena praça coberta de saibro que servia de estacionamento. O chefe do corpo de bombeiros desceu da cabine. O comandante da brigada tinha cerca de cinqüenta anos, usava um bigode pequeno em seu rosto jovial e estava atarracado em seu uniforme de couro, pequeno demais para aquele corpo gorducho, mas perfeito para fazê-lo suar em bicas. Ele tirou o capacete, enxugou a testa e recolocou-o quando viu Arquibaldo se aproximar.

– O senhor tem notícias de Arthur? – perguntou o avô, com uma expressão ansiosa.

– ... Arthur? – repetiu o comandante, que evidentemente ignorava o que estava acontecendo.

— Ele desapareceu. Não temos notícias dele desde ontem à noite — explicou Margarida, que acabara de se juntar ao marido.

— Vocês se preocupam demais com ele. O pequeno sabe se virar. Ele deve estar passeando na floresta, inventando aventuras como fazem todas as crianças na idade dele — respondeu sorrindo.

Se ele soubesse o quanto as aventuras de Arthur eram bem reais e que seu pequeno passeio na floresta não tinha nada de um piquenique...

— Mas se o senhor não veio por causa de Arthur, o que está fazendo aqui? Alguma coisa está queimando? — perguntou Arquibaldo, olhando rápido para a casa para ter certeza de que a filha não fizera alguma outra bobagem.

— Eu os chamei — disse Francis firmemente.

— Nós dissemos meio-dia, e é exatamente meio-dia — confirmou o comandante, todo orgulhoso. — Então? Onde está esse enxame de abelhas?

Francis esticou o braço e apontou-o na direção da floresta.

— Ali. Sigam-me.

Enquanto os bombeiros separavam o material, Arquibaldo agarrou o genro pelo braço.

— Você não vai mandar matar a gás aqueles pobres animais que não fizeram nada a você, vai?

Francis soltou o braço bruscamente da mão do sogro.

— Arthur é alérgico a abelhas, e a menor picada pode ser fatal para ele. Talvez eu não tenha dado muita atenção para meu filho ultimamente, mas essa história pelo menos teve o mérito de me fazer ver a realidade. A partir de agora cuidarei pessoalmente de Arthur assim... assim que ele voltar. Enquanto isso, vou destruir a colméia para que as abelhas não lhe façam nenhum mal caso ele chegue perto dela.

capítulo 14

Arthur não podia estar mais perto. Ele estava bem no centro da colméia com centenas de abelhas em volta dele, que pareciam cantar em coro para apoiar os esforços de sua rainha. O abdômen da soberana se contorcia em intervalos regulares, e ela parecia sofrer muito a cada contração. Ela mantinha a cabeça abaixada, enquanto uma abelha-enfermeira limpava suas antenas sem parar.

Arthur estava estupefato com aquela cerimônia extraordinária. Ele poderia ficar horas olhando aquele espetáculo.

– Falta muito? – perguntou Betamecha, no meio de um bocejo.

– Pelo menos ainda uma boa meia hora, se a deixarmos trabalhar em paz e se nada a incomodar – explicou Valiome, bocejando também.

Talvez demorasse bem mais do que o previsto, porque o grupo de bombeiros aproximava-se da colméia com a firme intenção de incomodar todo mundo.

— Ali está ela! – disse Francis apontando o dedo para a colméia.

O comandante dos bombeiros, que era prestativo, mas não imprudente, manteve-se a uma boa distância da colméia. Em seguida, aproximou-se do grande carvalho e avaliou a situação.

— Muito bem. Ao trabalho! – ordenou, batendo palmas para chamar a atenção dos colegas.

Os bombeiros começaram a se movimentar. Alguns encaixaram as várias partes da escada Magirus, enquanto outros vestiam as roupas isolantes para não serem picados. O comandante colocou luvas de plástico e pegou um vasilhame enorme com o desenho de uma caveira no rótulo.

Não parecia faltar muito para que o homem que conversava com o tenente Baltimore tivesse uma caveira no lugar da cabeça. Em todo caso, ele tinha sorriso de caveira e cor de caveira. Ele devia ter visto a morte de perto para os olhos ficarem tão esbugalhados.

— Pois eu digo que eles voltaram! São milhares, e muito maiores do que no ano passado!

— Você não sabe o que está dizendo. Os grilos só aparecem quando os campos de trigo estão maduros, e ainda faltam dois meses até que amadureçam. Você não bebeu demais, não? – disse o tenente, que certamente teria feito um teste do bafômetro, se tivesse um à disposição.

– Eu os vi como estou vendo o senhor! – gritou o camponês completamente aturdido. – Eles são enormes e estão muito bem organizados! Eles têm até um chefe que dá as ordens para eles.

O tenente trocou um olhar de cumplicidade com seu colega Simão.

– Olhe, temos mais o que fazer neste momento do que sair correndo atrás dos seus malditos grilos! Um elemento está circulando nas redondezas. Um indivíduo muito suspeito e provavelmente perigoso.

– Estamos verificando todas as fichas para ver se ele já foi encontrado – explicou Simão mostrando um maço de fichas com o cabeçalho "Procura-se".

Mas, por mais que procurassem entre todos os criminosos, assaltantes de banco, desequilibrados mentais e fugitivos de hospícios, eles não encontravam ninguém que fosse tão feio como Maltazard.

– Anda, vai para casa – disse o tenente para o camponês, que continuava tão perdido quanto antes.

– Depois não digam que não avisei! Depois não venham reclamar quando a cidade for invadida – insistiu, apontando um dedo ameaçador para os policiais, que, é claro, começaram a rir.

– Eu pago uma bebida para você no dia em que os grilos gigantes invadirem a cidade – respondeu o tenente, todo seguro de si.

De repente, Simão parou de rir e deu um tapinha no ombro do chefe. Diante da porta envidraçada da delegacia havia um mustico enorme, imóvel no espaço, montado por um seída.

O queixo de Simão parecia que ia cair no chão. Ele nunca vira nada igual desde o chute a gol de 53 metros do colega Tony Montero, que acabou no fundo da rede alguns segundos antes da final do torneio do departamento. O tenente Baltimore também não conseguia acreditar no que seus olhos viam.

– Não... não é um grilo... é... é um mosquito!

– Você é um péssimo perdedor – disse o camponês, dando de ombros. – Pior para você! Eu vou beber sozinho – acrescentou, saindo da delegacia.

Do lado de fora, o céu escurecera. Os policiais se aproximaram timidamente da porta e se juntaram ao camponês, que estava parado na soleira. O céu da cidade estava negro. Não era o pôr-do-sol, nem o prenúncio de uma tempestade, mas centenas de musticos gigantescos que escondiam o sol com a mesma eficiência de uma grande nuvem de poluição. O espetáculo era impressionante e lembrava as tristes imagens da última guerra, quando os aviões ensombreciam o céu de Londres.

– E isso ainda nem é uma invasão, é apenas o primeiro desembarque – informou com ironia o camponês.

Um pensamento tomou conta da mente do tenente Martim Baltimore: por que, com todos os diabos, pedira para ser transferido para esse país de loucos? Ele voltou-se para o colega, que já parara de respirar fazia muito tempo:

– Simão? Simão? Xiii, acho que vamos precisar de reforços!

*

Parada na entrada da colméia, a abelha sentinela também se perguntava por que pedira para ser transferida para a polícia aérea em vez de ficar tranqüilamente no fundo de um alvéolo. Na verdade, qualquer um que visse aquela escada enorme subindo na direção da colméia não sentiria a menor vontade de ter o papel principal naquele filme. Ela voltou-se para a colega e disse:

– Acho que vamos precisar de reforços!

Arthur e seus amigos continuavam diante da rainha, que trabalhava e sofria cada vez mais. A abelha sentinela foi avisar a soberana. A rainha não achou nem um pouco ruim ter de parar um instante para tomar fôlego. Ela ouviu atentamente o que sua súdita tinha a dizer e deu as ordens. A colméia entrou em efervescência, um zumbido ensurdecedor tomou conta do lugar, os ferrões se estenderam, os pelotões entraram em fila e as tropas se organizaram.

Napoleão deve ter observado as abelhas para desenvolver um sentido militar tão apurado. Mas Arthur sabia que o combate seria desigual. As abelhas podiam ser em número superior, mil vezes mais organizadas, mas a arma do homem era radical e não deixaria sobreviventes. Seria uma guerra entre dois mundos. De um lado, a abelha, velha combatente de guerra há milhões de anos, muito ligada aos valores tradicionais. Do outro lado, o homem, um mutante que se adaptava a tudo e era capaz de fabricar artefatos de destruição poderosos o suficiente para exterminar seu próprio meio ambiente. Seria como antigos samurais lutando com honra e dignidade contra uma bomba atômica.

Perto do caminhão, o comandante dos bombeiros terminara de preparar sua mistura diabólica. Só faltava carregar a enorme seringa, que parecia mais uma bomba de ar para encher pneu de bicicleta. Ao acionar o cabo, ela enviava um gás mortal dentro da colméia, que poderia então ser tirada da árvore.

Francis mal conseguia disfarçar a satisfação. Com um único golpe ele se vingaria de todas as humilhações sofridas, de todas as armadilhas que haviam sido desarmadas por não se sabe que milagre. (Nós somos os únicos que sabemos que esse milagre chamava-se Arthur, seu próprio filho, que naquele mesmo instante estava no fundo da colméia, que o pai se preparava para aniquilar com o gás. A vingança e a estupidez podiam custar a vida de seu filho, enquanto um pouco de gentileza teria poupado todo mundo.)

A pedido do marido, Rosa também estava ali. Ele a queria a seu lado naquele grande momento de felicidade. Mas Rosa ignorava que uma tragédia se formava. Ela olhava para aquela colméia, para aquelas abelhinhas afobadas que protegiam a entrada de seu templo como monges aguardando a chegada de bárbaros. Rosa não estava gostando de ter de assistir ao sofrimento e à morte de todos aqueles animaizinhos. Ela não ouviria seus gritos de dor mas os imaginaria, o que às vezes é pior.

— Você não acha que seria melhor procurar nosso filho em vez de se preocupar com as abelhas?

Rosa é sempre gentil quando diz alguma coisa, mas um ouvido atento teria percebido um tom de recriminação em suas palavras.

– Vou atrás de Arthur assim que acabar com essas malditas abelhas – respondeu Francis, que estava empolgado demais para desistir agora.

Ele ignorava que, ao dar cabo das abelhas, também estaria dando cabo do filho. Francis não precisaria mais procurar Arthur, porque seu pequeno cadáver estaria bem ali, no fundo da colméia.

Mas Arthur ainda não estava morto, e, de qualquer forma, os heróis não morrem jamais, porque permanecem vivos para sempre em nossos corações.

Arthur, na beirada da entrada da colméia, observava tudo o que se passava naquele mundinho, lá embaixo. Ele gostaria de avisá-los, gritar que estava na colméia, mas ele sabia que não ouviriam nada e que sua mãe assistiria a sua lenta agonia sem poder fazer nada. Mesmo que Arthur conseguisse se fazer ouvir, ninguém acreditaria que ele media apenas dois milímetros de altura e que estava no fundo da colméia. Ninguém, exceto, talvez, sua mãe.

– Mas é claro! – gritou, porque de repente teve uma idéia para salvar todo mundo.

A idéia era um pouco complicada, mas quem não arrisca não petisca. Além disso, ninguém naquela droga de quartel tivera outra idéia exceto morrer heroicamente como os kamikaze na batalha de Pearl Harbour, mergulhando na direção do inimigo com um grande grito e fincando o ferrão antes de morrer. Talvez fosse heróico, mas visto que todos os bombeiros estavam protegidos por roupas especiais, as abelhas não corriam o menor risco de dizimar as tropas inimigas. A solução de Arthur ainda era a melhor. Ele chamou a abelha-transportadora e fez sinal para que ela se aproximasse do tradutor.

— Lá fora tem uma mulher usando um vestido florido. Ela é a única que pode deter esse massacre, se eu conseguir avisá-la que estou com vocês.

— Por quê? — perguntou o tradutor.

— Porque é minha mãe, e eu não acredito que ela queira que o próprio filho seja assassinado a gás debaixo de seus olhos — afirmou o menino.

A abelha-transportadora entendera perfeitamente a situação, mas não via como seria possível avisar aquela mulher. Ela não falava a língua dos humanos, e as probabilidades de Rosa não entender nada da língua das abelhas eram muito grandes.

— Se não podemos falar com ela, então vamos escrever! — exclamou Arthur, revelando o ponto central de sua idéia.

— Você tem certeza de que não foi picado, meu jovem Arthur? Será que não está com um pouco de febre? — perguntou Selenia, pasma com aquela proposta.

— As abelhas também não sabem ler! — acrescentou Betamecha, estupefato com a aparente ignorância do amigo.

— Eu sei que elas não sabem ler, mas eu sei escrever — respondeu Arthur, irritado.

Ele voltou-se para a abelha-transportadora:

— Dona abelha, eu vou escrever algumas letras em cima de uma folha. As letras formam uma palavra, e as palavras são como um desenho. A senhora consegue copiar um desenho?

— Mais devagar! — pediu o tradutor, que estava começando a ficar com cãibra nos dedos de tanto dedilhar traduções na flauta.

A abelha pensou um instante e concordou, fazendo que sim com a cabeça.

— Ótimo! — gritou Arthur. — Vão se posicionar na frente da minha mãe, e eu farei os sinais daqui.

A abelha transportadora deu um grito agudo, e um pelotão de abelhas apresentou-se diante dela, fazendo continência. Elas decolaram imediatamente e explodiram do lado fora da colméia como rolhas de garrafa de champanha.

O comandante dos bombeiros já estava em cima da escada com a bomba de fumaça na mão. Ele abaixou a cabeça quando a esquadrilha passou.

— Pronto! Elas entenderam! As primeiras já estão fugindo! — gritou para seus colegas, que seguravam a escada meio atrapalhados.

(Aliás, aqui cabe uma pergunta: por que eles deixaram subir o bombeiro mais gordo, obrigando todo o grupo a segurar a escada, quando teria sido tão mais simples mandar o mais magro e deixar os outros na retaguarda? Mas não se brinca com a hierarquia entre os bombeiros, e cabe ao chefe a honra de correr todos os riscos. E aquilo parecia realmente arriscado, e todos se perguntavam durante quanto tempo aquele elefante de escafandro conseguiria manter o equilíbrio no alto da velha escada. Até Francis estava preocupado com o comandante e veio dar uma ajudinha aos bombeiros para a escada não sair do lugar.)

A esquadrilha das abelhas fingiu que se dirigia para a floresta. Assim que chegou perto do grande pinheiro, elas deram meia-volta e rapidamente se colocaram em posição na frente de Rosa. A mãe de Arthur ficou muito surpresa ao ver aquele grupo de abelhas parado a um metro dela. Ela hesitou, sem saber se devia gritar ou não, pois as abelhas não pareciam querer lhe fazer mal. Rosa lamentou ter colocado os óculos de reserva, porque teria preferido não vê-las tão bem.

Sentado na beirada da entrada da colméia, Arthur acabou de escrever a mensagem em cima de um pedaço de cera seca. Ele mostrou a cartela, na qual lia-se: "Mamãe, sou eu, Arthur". A esquadrilha se posicionou para reproduzir o desenho da folha. Poucos segundos depois a mãe de Arthur lia claramente a frase que haviam formado a sua frente. Rosa ficou boquiaberta e apontou com um dedo para o recado das abelhas como se tivesse encontrado Deus na curva de uma nuvem.

– Arthur! – murmurou, involuntariamente.

Rosa procurou o filho, com aquele olhar único das mães que não encontram seus filhotes. Ela não podia contar com Francis, que estava segurando a escada e franzia os olhos como se estivesse no banheiro.

Quanto a Arquibaldo, este se recusara a participar do massacre e ficara em casa. Buscá-lo levaria muito tempo. Rosa estava desnorteada (o que não era nenhuma novidade, porque era como ela costumava ficar na maior parte do tempo).

Arthur terminou de escrever na segunda cartela e exibiu-a bem no alto da cabeça. As abelhas mudaram de posição para acompanhar a forma do novo desenho.

– "Estou-*dentro*-da-colméia" – articulou a mãe, completamente atordoada com o que acabara de ler.

Os olhos de Rosa haviam dobrado de volume, e os pulmões tinham fechado suas portas por uma semana inteira.

– Tem que funcionar! – disse Arthur, para dar um empurrão na sorte, mas Selenia parecia cética.

– Se eu estivesse no lugar dela, eu sei como receberia uma notícia dessas.

– Como? – perguntou Arthur, um pouco preocupado.

Lá embaixo, os olhos de Rosa se reviraram, e ela caiu no chão como uma árvore serrada na base.

– Assim! – respondeu Selenia secamente.

– Rosa! – gritou Francis, quando viu a mulher caída no meio da alfafa.

Ele soltou a escada e saiu correndo para ver o que estava acontecendo, o que evidentemente desestabilizou todos os bombeiros, que se afastaram um pouco da escada. A agitação subiu pela escada e provocou um escorregão em um dos degraus. E um elefante que escorrega em um degrau nunca é bonito de se ver. A escada vacilou como o mastro de um barco no mar agitado. O elefante acenou com as bandeirolas e deu alguns passos de dança moderna. O mastro inclinou-se cada vez mais, até que os pobres bombeiros não conseguiram mais segurá-lo.

O comandante cruzou o espaço e aterrissou bem em cima de uma bela poça de lama.

(Vocês já viram esses bonecos de neve que são feitos no inverno? Aquele era uma versão de lama feito no verão. Só faltava a cenoura no lugar do nariz. A vantagem de ficar emplastrado assim é que não se corre o risco de ser picado por uma abelha.)

Os bombeiros acorreram para ajudar – o que não tinha nada de espantoso, porque a profissão deles é justamente socorrer pessoas em dificuldade. Eles precisavam limpar a lama antes que secasse, caso contrário o comandante poderia brincar de estátua no Museu de Arte Moderna.

O barulho enorme causado pela queda acordou Rosa. Ela ficou feliz quando viu o rosto do marido, cujo sorriso gentil lembrou-lhe o sorriso do filho.

– Arthur! – exclamou, entrando em pânico imediatamente.

Francis acariciou a testa de Rosa para acalmá-la.

– Não se preocupe, vou tratar disso e nós vamos encontrá-lo.

– Eu... eu sei onde ele está! – gaguejou Rosa com muita certeza.

Francis ficou tenso. Como ela podia saber uma coisa dessas e ele não, se ele próprio não a havia largado nem por um segundo?

— Ele está na... na colméia – continuou Rosa com coragem (e era preciso ter muita coragem para dizer uma besteira dessas).

O marido olhou para ela, sem saber se ficava preocupado ou se ficava triste. No fim a tristeza ganhou. Sua pobre mulher havia deixado a realidade para ir definitivamente para o país sem neurônios. Ele acariciou a bochecha da esposa como se quisesse acalmá-la em seu delírio febril.

— Mas claro que Arthur está na colméia, querida, e claro que está comendo um bom mel. Faz muito bem à saúde – concordou, como se estivesse falando com uma louca que escapara de um hospício.

— Francis, acredite em mim! Arthur está dentro da colméia! Foram as próprias abelhas que me contaram – afirmou Rosa, mesmo sabendo o quanto absurdo era o que estava dizendo.

— Agradeça às abelhas por mim, por terem encontrado meu pequeno Arthur e cuidarem dele. Vou pegar a escada e subir para buscá-lo! – disse gentilmente o marido.

Francis levantou-se e foi com passos decididos em direção à escada. Ele estava sem paciência. Realmente sem nenhuma paciência. Primeiro, o filho desaparece, depois a mulher enlouquece. E aquelas abelhas o tiravam do sério! Era muita pressão para sua pobre cabecinha. E a pressão precisava sair. Como não podia fazer nada por Arthur, nem por Rosa, Francis decidiu aliviar a tensão em cima da colméia.

— Elas vão pagar por se meter com Francis, o Valente! – afirmou, para se dar coragem.

O ódio às vezes multiplica as forças, e Francis subiu sozinho pela grande escada, que ele encostara contra um grosso galho do carvalho. Ele pegou a bomba de fumaça e examinou o mecanismo. Ela era composta de um grande êmbolo e de um cabo para segurar. Nada complicado. Francis arregalou os olhos e começou a rir nervosamente. Pronto: Francis começava a enlouquecer. Isso é comum de acontecer quando um homem tem nas mãos uma arma de destruição em massa. (Embora às vezes ele também enlouqueça mesmo quando não tem uma.)

Francis carregou sua bomba-fuzil e voltou para a escada. Ele deu um grito bem forte. Não era um grito de guerra, mas um berro de medo. Os cinco bogo-matassalais estavam na sua frente e o observavam do alto de seus quase dois metros e meio. No mesmo instante, Francis sentiu-se intimidado. Qualquer um ficaria! Os bogos usavam suas vestimentas tradicionais, e o magnífico penacho estava entremeado de conchas e enrolado em volta das cabeleiras. Os rostos estavam impassíveis e transpiravam equilíbrio, algo indispensável quando se é tão alto.

– Saiam do caminho! Eu tenho uma missão para cumprir! – conseguiu articular o pai de Arthur em um sobressalto de orgulho.

Mas o chefe dos bogos não se afastou. Ele observou Francis mais um instante e depois disse calmamente:

– Os deuses quiseram que as abelhas vivessem neste galho, e você, do alto dos seus poucos centímetros, deseja se opor à grandeza dos deuses?

Francis não era exatamente da mesma opinião:

– Não é nada disso! Eu só quero acabar com essas malditas abelhas que querem picar meu filho! Eu tenho direito de defender meu filho, não tenho? – respondeu Francis contorcendo as mãos em volta de sua arma.

– Arthur é primo das abelhas, sobrinho do carvalho, irmão do vento e da terra. Ninguém fará mal a ele, a não ser você por causa dessa arma que está segurando – declarou o chefe em um tom de voz muito gentil.

Francis ficou desorientado. Ele gostaria de lutar, ser valente pelo menos uma vez, para que o filho visse como ele se sacrificara por ele.

Mas diante daqueles gigantes, cuja sabedoria inspirava respeito, ele se sentia ridículo com aquele canhão de plástico entre as mãos. O pobre homenzinho voltou-se para os bombeiros em busca de apoio, mas esses estavam ocupados limpando aquele mamute preso no barro como um fóssil renascido das profundezas dos tempos.

– Vocês não acham que seria melhor esperar secar um pouco? Ficaria mais fácil para retirar as placas de lama – sugeriu um bombeiro, que um dia devia ter sido atingido por um raio no alto da escada para ser tão bobo.

Mesmo não conseguindo enxergar nada por causa da lama que cobria seu rosto, o comandante ouviu muito bem aquela sugestão absurda e começou a se contorcer como podia para manifestar sua negativa.

– Ah! Estão vendo? Ele concordou comigo! – disse o bombeiro, todo orgulhoso.

O comandante finalmente conseguiu expelir todo o ar que tinha dentro dos pulmões e expulsar a lama que cobria a boca.

– Nããããooo! – gritou furioso. – Vão buscar água, seu bando de imbecis!

Não devia ser uma tarefa muito complicada, porque eles tinham ali do lado um caminhão cheio de água.

– O senhor não prefere que exterminemos primeiro as abelhas? – perguntou Francis, que continuava procurando alguém para ajudá-lo.

– Espere um segundo. Já vamos tratar do seu caso – respondeu o subchefe.

Lá no alto, na colméia, todos comemoraram essa distração, que permitira à rainha continuar seu trabalho. Arthur gostaria de poder pedir que ela se apressasse. Cada segundo que passava era um calvário para ele. Arthur queria engolir logo o produto, crescer de uma vez e colocar um ponto final em todas aquelas loucuras que estavam acontecendo em terra.

A rainha vibrou todo o corpo, e a ponta de uma magnífica lágrima de mel translúcida despontou na base do abdômen. Selenia colocou sua mão afetuosamente na de Arthur.

– Está vindo, Arthur. Está vindo. Tenha paciência.

– Eu tenho, Selenia! Quem não tem são os adultos.

O comandante recuperara a aparência humana. Ele estava molhado da cabeça aos pés porque seus colegas o haviam mergulhado diretamente no tanque de água do caminhão para ganhar tempo. Francis estava ao lado do comandante, e todos os bombeiros haviam se colocado atrás do chefe. Esse pequeno exército estava diante dos bogo-matassalais, que se mantinham tão impassíveis como antes ao pé da escada.

– Senhores, peço-lhes que recuem e nos deixem trabalhar – pediu o comandante, apontando o canhão de fumaça na direção dos guerreiros.

Os bogos se entreolharam. Eles não costumavam lutar contra os irmãos, mas abandonar suas primas, as abelhas, àquele triste destino não condizia com seu temperamento.

– Homenzinho, você terá que nos matar primeiro se realmente quer fazer isso, porque nós também somos abelhas – respondeu o chefe com firmeza.

O comandante dos bombeiros olhou para o chefe, que, na realidade, não parecia ter nada de abelha, exceto, talvez, algumas riscas na vestimenta tradicional.

– Vou contar até três! – avisou o bombeiro, que deixara o orgulho prevalecer sobre a razão.

– Três! – disse o bogo-matassalai, nem um pouco impressionado por aquele joguinho, aquele suspense ridículo.

Interrompido em seu impulso, o bombeiro não sabia mais como sair daquela situação. Apertar o gatilho parecia ser a única solução, mesmo que certamente fosse a mais estúpida. Mas, quando o homem está dominado pelo orgulho e foi abandonado pela inteligência, é assim mesmo: ele precisa destruir. O bombeiro apontou a bomba de gás lentamente para os matassalais, o dedo aproximou-se do gatilho, quando...

– Chefe! Chefe! – gritou o bombeiro que ficara no caminhão.

O homem arfava de tanto correr e precisou esperar alguns segundos antes de recuperar o fôlego e terminar a frase:

– O chefe da polícia acabou de ligar. Foi dado o alerta geral! Eles precisam de todos os homens disponíveis!

– O que houve? – perguntou o chefe, um pouco contrariado por não poder cumprir sua missão.

– A cidade foi atacada por uma chuva de rãs gigantescas!

Os bombeiros se entreolharam espantados.

– Você tem certeza? – perguntou o chefe, que nunca ouvira falar de algo semelhante.

– Bem... a ligação estava ruim, mas eu ouvi "invasão" e "gigantes". Rãs... eu não tenho certeza. Mas tenho certeza sobre o pedido de reforços, todo mundo estava gritando no rádio – disse o bombeiro, ainda visivelmente chocado.

O comandante tomou a melhor decisão:

– Subam no caminhão! – gritou para seus homens, que imediatamente abandonaram o material e saíram correndo para o caminhão.

O comandante voltou-se para os bogo-matassalais e ameaçou-os com um dedo em riste:

– Eu voltarei! – declamou como um péssimo ator, lançando um olhar negro que pretendia ser mau.

Os bogo-matassalais sorriram e acenaram um adeus com as mãos, o que irritou ainda mais o bombeiro. Ele deu um chute no chão para manifestar sua impotência e voltou para o caminhão.

Francis estava desesperado.

Sua mulher, felicíssima.

capítulo 15

Normalmente tão tranqüila, a pequena cidade, onde Margarida gostava de fazer compras, estava um alvoroço só. Montados em seus musticos gigantes, os seídas haviam dominado os ares e mergulhavam em vôos rasantes em cima da população, que gritava e corria em todas as direções. O pânico era geral, a polícia não estava dando conta, as vitrinas estavam todas quebradas e já havia sinais dos primeiros focos de incêndios. A cidade nunca presenciara um desastre assim. Maltazard não parava de rir. Todo aquele caos o deixava muito feliz.

– Como faz bem estar de volta à ativa! – exclamou com satisfação, enquanto os seídas passavam em sua frente como se estivessem fazendo uma demonstração aérea.

No final da rua, ele viu o caminhão vermelho e brilhante dos bombeiros, que acabara de chegar com a sirene ligada. O comandante da brigada estava pasmo. Musticos tão grandes como aviões de caça rasgavam o espaço deixando atrás de si rastros de fogo. As pessoas gritavam, implorando aos céus.

Mas, naquele momento, o céu era uma nuvem negra de musticos.

— O que vamos fazer, chefe? — perguntou o motorista, que tremia tanto que toda a cabine vibrava.

O comandante esticou um braço e comandou, muito decidido:

— A toda a velocidade! Sem parar! Principalmente sem parar! — ordenou com a segurança dos covardes. — Vamos avisar o quartel da cidade vizinha!

— Mas as casas estão pegando fogo! Não vamos apagar os incêndios? — perguntou o subchefe.

— De forma alguma! Esse assunto é importante demais para ser tratado por simples voluntários como nós. Cabe ao exército controlar esse tipo de catástrofe!

Para o grande desespero dos habitantes, o caminhão dos bombeiros passou direto pela cidade.

Surpreso com tamanha covardia, Maltazard deu uma gargalhada.

— Acho que vou me dar muito bem neste novo mundo — comentou, antes de apontar os dedos e ordenar um novo ataque.

Uma dezena de musticos se colocou em formação de combate e mergulhou na direção do posto de gasolina. Na passagem, arrancaram duas das bombas, e uma camada gigantesca de gasolina espalhou-se imediatamente por cima da calçada. Como a rua era um pouco inclinada, o perigoso líquido começou a escorrer naturalmente para o centro da cidade.

Maltazard fez outro sinal, e um mustico passou veloz ao lado de um poste elétrico. Ele cortou o poste ao meio com um golpe perverso de sua asa, e o fio elétrico caiu direto em cima do rio de gasolina. A rua inteira se incendiou de uma vez só, gerando um pânico maior ainda.

As pessoas fugiam da cidade como ratos que abandonam o navio. Maltazard rejubilava-se. Ele voltara a ser o Senhor Absoluto, que agora reinava sobre os dois mundos, e ninguém mais poderia detê-lo.

A única e última esperança estava naquela magnífica gota de mel toda dourada que acabara de sair do abdômen da rainha das abelhas. Era uma gota de licor de mel tão poderosa que podia fazer qualquer pessoa crescer em poucos segundos. Não era difícil passar de um tamanho para outro, mas passar de um mundo para outro era bem complicado, e naquela colméia Arthur era o único capaz disso.

Valiome, o tradutor, rolou a pérola dourada até a borda da colméia, para perto de Arthur. Selenia e Betamecha estavam ao lado. Valiome apertou a gota, dobrou-a em duas, comprimiu, achatou e reduziu aquela substância até ela ficar tão pequena que pudesse ser engolida. Quando terminou a operação, ele entregou a pasta dourada para Arthur, que a observou fascinado. Parecia uma bolinha de árvore de Natal, mas era tão pesada como uma bola de boliche.

— Agradeça à rainha por mim. Se eu tiver êxito em minha missão, garanto que nunca mais ninguém virá incomodá-la.

— Assim espero! Vou precisar de alguns anos de sono para recuperar toda essa energia que gastei – respondeu o tradutor.

Arthur sorriu para ele e voltou-se para Selenia:

— Você tem certeza de que não quer vir comigo? Ninguém melhor do que você sabe manejar a espada, você seria muito útil – disse o menino, já se sentindo triste porque teria de se separar de sua princesa.

— Serei mais útil na minha aldeia. Meu pai já está ficando velho, e o povo minimoy precisa de mim. Além disso, nunca estive no seu mundo, e a primeira vez sempre dá um pouco de medo. Eu não quero chegar bem no meio de uma guerra.

— Você tem razão – respondeu Arthur. – Quando tudo tiver terminado, trarei você aqui e a apresentarei para meus pais e para Margarida. E você vai ver que o Alfredo não se parece nem um pouco com um *yeti* – acrescentou, brincando.

Selenia sorriu para ele, mas o coração vagava longe. Ela estava muito triste porque seu príncipe ia embora.

— Vamos, tome isso logo, eu não quero que você me veja choramingando!

Arthur engoliu a pequena pílula dourada.

— Tem gosto de quê? – perguntou Betamecha, com sua curiosidade habitual.

Arthur esfregou a língua no céu da boca e refletiu um instante.

— De mel! – respondeu com um sorrisinho maroto.

— Tome cuidado! – exclamou Selenia, preocupada.

— Não se preocupe comigo. Vou acertar rapidinho minhas contas com M., o Maldito, e colocar um pouco de ordem nisso tudo. O mais duro será esperar a décima lua até poder ver você de novo.

Selenia preferiu não responder, senão ela ia recomeçar a chorar. A princesa abriu o cinto e entregou a espada mágica para Arthur.

— Leve, você vai precisar dela mais do que eu.

Arthur não soube o que fazer diante daquele gesto tão significativo.

— Tem certeza? — perguntou, hesitando em pegar a espada.

— Tenho. Você mereceu seu título de príncipe, e um príncipe precisa ter uma espada.

— Agradeço pela honra — respondeu Arthur com humildade, colocando o cinto.

— Mas, antes de partir, há outra coisa que você merece por ter lutado com tanta força e nobreza.

— É mesmo? O quê?

— Isto! — respondeu a princesa, pondo os braços em volta do pescoço de Arthur e dando o mais belo beijo de todos.

Muito chateado porque o protocolo havia sido quebrado de novo, Betameche levantou os olhos para o alto.

Como uma princesa do nível dela podia se rebaixar daquele jeito e honrar um minimoy provisório? Mas o amor tem razões que a razão desconhece. O beijo poderia ter se eternizado se Arthur não tivesse começado a crescer de repente. Selenia deu alguns passos para trás e viu, espantada, seu príncipe ultrapassar a barreira dos centímetros.

– Até logo, Selenia! – disse o príncipe, com um nó na garganta, enquanto seu corpo atingia a marca dos dez centímetros e ficava pesado demais para manter-se na beirada da colméia.

– Até logo, meu príncipe! – respondeu Selenia, com os olhos marejados de lágrimas.

Quando Arthur fez um sinalzinho com a mão, ele já ganhara dois quilos. A beirada da colméia cedeu, e nosso herói desapareceu, engolido pelo espaço.

Arthur, dez anos, um metro e pouco, caiu no chão ao pé do grande carvalho.

A volta para seu mundo foi violenta, mas crescer (por dentro e por fora) sempre dói um pouco. Ele se levantou, limpou a poeira da roupa e olhou para a floresta, que agora parecia tão pequena. Ergueu a cabeça e viu a colméia lá em cima, pendurada debaixo do galho. Ele sabia que Selenia estaria olhando para ele, mas agora ele não conseguia mais enxergá-la.

Arthur suspirou profundamente e fez um sinal de adeus. Selenia, que estava ajoelhada na entrada da colméia, sorriu e mandou um beijo para seu príncipe.

O menino começou a tossir, pois ficara muito tempo com a cabeça jogada para trás, olhando para cima. Ele cuspiu, e algumas pepitas douradas caíram no chão. Era um resto do mel real que a rainha fabricara para ele.

Enquanto Arthur voltava para casa, uma formiga apareceu nas vizinhanças. Uma formiguinha que nós já encontramos antes, aquela que tinha uma mancha cor-de-rosa na cabeça. Vocês devem se recordar: era a formiguinha que estava passeando em cima do vestido florido de Rosa bem na hora em que a mãe de Arthur fazia as unhas. (Para que a formiguinha fosse embora e escapasse da ira de Francis, Rosa usara o pincel do esmalte cor-de-rosa para afugentá-la, lembram?)

Desde que a formiga ficara marcada por aquela mancha cor-de-rosa, toda a colônia zombava dela. Isso explicava por que ela estava passeando sozinha na floresta, longe de seu formigueiro.

A formiguinha aproximou-se daquele alimento estranho e tateou-o por todos os lados com as antenas. Parecia um pouco com as pequenas porções de mel que se soltavam das colméias nos dias de ventania. O mel era um produto excelente, cheio de vitaminas, e não precisava ser um urso para saber disso. Ela tomou uma decisão: experimentaria um pedaço e, se o alimento fosse bom, iria levá-lo para a colônia. Certa de ter tomado a decisão correta – a meu ver, muito sábia –, a formiguinha da cabeça cor-de-rosa deu uma boa mordida na pepita de mel real.

– Juro, Francis! Nosso filho está na colméia. As abelhas escreveram o recado para mim! Eu sei ler, sabe? – defendeu-se Rosa, que ainda não havia recuperado todas as forças.

Gentilmente, o marido obrigou-a a deitar na espreguiçadeira.

– Eu sei, querida. Arthur mede dois milímetros, está morando dentro de uma colméia, e as abelhas sabem ler e escrever e logo logo vão lançar um livro! – respondeu o marido, que não sabia se brincava ou ficava irritado.

Ele colocou uma manta por cima dos joelhos de Rosa e lhe trouxe o vidrinho de esmalte para unhas, para que a esposa praticasse seu passatempo preferido.

Foi exatamente esse instante que nossa formiguinha da cabeça cor-de-rosa escolheu para fazer sua aparição. Ela parou a alguns metros da casa e viu Rosa deitada na espreguiçadeira.

– Oh! Uma formiga gigante! – exclamou Rosa, com um sorriso desanimado.

Quando uma pessoa não se afoba por causa de uma abelha que escreve em bom português não há motivo para ficar espantada com uma formiga que pesa duzentos quilos.

– Mas é claro! Uma formiga gigante! Com bolinhas azuis! – gritou Francis, que não agüentava mais os delírios da mulher.

– Não! Com uma mancha cor-de-rosa – corrigiu a mãe de Arthur, e com toda a razão.

Francis suspirou, aprumando o corpo. Bastaria que se virasse para ver que sua mulher dizia a verdade. Mas, para isso, teria sido necessário que tivesse alguma dúvida, e Francis nunca tinha dúvidas.

– Vou preparar um chazinho de camomila, vai acalmar você – disse, indo embora para a cozinha.

– ... obrigada – respondeu Rosa com dez segundos de atraso.

Ela olhou para aquela formiga enorme que se aproximava. Qualquer pessoa já teria desmaiado, mas, dessa vez, Rosa não desabou. Ela chegou até a lançar um sorrisinho, como se estivesse dominada por aquele sonho, por aquela imagem que parecia ter saído diretamente de um parque de diversões. Mas a formiga não era uma ilusão em 3-D. Ela estava ali em carne e osso, tão grande como um carro. O sorriso de Rosa se apagou imediatamente quando ela viu mais de perto aquela mancha, que trazia sua assinatura. Ela se lembrou daquela pincelada infeliz e, agora, media as conseqüências de seu ato.

– Oh... eu lamento muito pela... pela mancha! – gaguejou a pobre mulher, que jamais imaginara que um dia teria de se desculpar por aquele seu gesto. – Eu tenho solvente, quer?

A formiga era inteligente, mas as probabilidades de que aquela palavra estrangeira fizesse parte de seu vocabulário eram bem poucas. O inseto gigantesco arrancou das mãos de Rosa o frasco de esmalte e derramou todo o conteúdo por cima da cabeça da mulher. Rosa não disse uma palavra e nem ousou se mexer. Ela sofreu a humilhação da mesma forma que a formiguinha antes dela.

– Eu... eu entendo sua raiva, realmente não é muito agradável – admitiu de bom grado, com as mãos tensas agarradas na espreguiçadeira.

A formiga jogou o frasco fora e olhou para Rosa, que agora tinha seu nome mais do que justificado.

– Estamos quites? Sem rancor? – perguntou Rosa, estendendo uma das mãos trêmulas para a formiga.

Perplexa, a formiga-gigante olhou para aquele braço estendido, mas, de repente, pareceu entender a intenção. No seu mundo era costume apertar as patas, e as possibilidades de que o gesto fosse mais ou menos igual eram grandes. Então, ela estendeu uma das patas, e Rosa pegou-a com as pontas dos dedos.

Elas trocaram um aperto de mão e selaram a amizade.

Alguém buzinou na entrada da propriedade. Rosa viu um carro parar no pátio.

– Vou fazer uma limonada – disse Rosa para a formiga e levantou-se da espreguiçadeira.

E partiu para a cozinha onde irá cortar o dedo ou incendiar só Deus sabe o que mais...

Francis correu até a porta da entrada com um sorriso nos lábios, como se afinal tivesse encontrado Arthur. Mas era apenas seu carro que saíra da oficina e que o gentil mecânico trouxera de volta.

– Ah! Mas isso é ótimo! – disse, com lágrimas nos olhos.

Ele se ajoelhou na frente do carro e acariciou a grade do radiador como se fosse algo tão precioso como a Mona Lisa.

Usando um macacão todo manchado de graxa, um homem gordo saltou do reboque com o logotipo da oficina: "Socorrufa".

– O senhor teve sorte. Eu tenho um freguês que tem o mesmo modelo, mas ele levou uma batida na traseira. Peguei a grade do radiador dele, senão o senhor ia ter que esperar pelo menos dois meses até as peças chegarem.

– Mas isso é ótimo! – repetiu Francis, emocionado.

– Por favor, assine o canhoto.

Francis pegou a fatura e leu a quantia exorbitante. A oficina não deveria chamar-se "Socorrufa" mas sim "Socorroubo". Seu sorriso e bom humor sumiram imediatamente.

– Ah!... isso é... ótimo! – resmungou entre os dentes. – Posso pagar com cheque?

– Claro. De qualquer forma eu não esperava que o senhor tivesse essa quantia em espécie – brincou o mecânico, feliz porque conseguira poder cobrar os olhos da cara daquele trouxa.

Francis voltou para casa e, enquanto caminhava, releu a nota. Ele ainda não conseguia acreditar no que via.

– Sabe, você é mais careiro do que as oficinas das grandes cidades...

– É mesmo? Mas as grandes cidades estão muito longe e ficaria meio difícil se o senhor tivesse que empurrar o carro por uns duzentos quilômetros – brincou o mecânico, que mal continha sua alegria por ter enganado uma pessoa da cidade.

Francis entrou em casa e vasculhou os bolsos do casaco atrás do talão de cheques.

– Puxa! Que calor! O senhor não teria alguma coisinha para beber? – perguntou o mecânico, entrando na sala sem limpar os pés.

– Por esse preço, você vai poder brindar à minha saúde à vontade – respondeu Francis, decidido a manter os limites.

Nesse instante, Arthur saiu da floresta. Ele correu até o fundo da garagem para se esconder. Se seus pais o vissem, eles ficariam contentes, mas nunca acreditariam em sua história, e, enquanto isso, Maltazard continuaria fazendo estragos.

– Assine aqui, por favor – pediu o mecânico estendendo a folha cor-de-rosa.

Por falar em cor-de-rosa, onde estava Rosa?

– Aiii! – gritou Rosa da cozinha.

– Não é nada – disse Francis, para tranqüilizar o mecânico. – É apenas minha mulher tentando cortar um limão.

O mecânico balançou afirmativamente a cabeça mesmo sem entender nada e guardou no bolso o canhoto assinado.

Arthur entrou no carro do pai e colocou as duas mãos no volante.

"Bem, isso não deve ser muito mais complicado do que dirigir um mustico", pensou.

Ele virou a chave na ignição e ligou o motor.

– Aah! Que som formidável, não acha? – perguntou Francis, que reconheceria seu carro entre mil outros.

– É verdade. O motor faz um barulho muito bonito – confirmou o mecânico.

Arthur apertou o acelerador e procurou o freio de mão para soltá-lo.

– Você está ouvindo esse *vibrato* quando acelera? É igual aos gritinhos de japoneses lutando caratê. Está ouvindo?

– Não, não estou. Eu nunca saí daqui, quem diria viajar para o Japão! – murmurou o mecânico enquanto via o carro começar a andar. – Em todos os casos, é verdade que essas máquinas funcionam muito bem. Elas são um verdadeiro prazer para dirigir.

– É verdade – confirmou Francis, vendo seu carro ir embora com um sorriso beato de admiração nos lábios como se estivesse vendo seu filho dar os primeiros passos.

Só que, nesse caso, seu filho estava dando as primeiras voltas motorizadas e roubando o brinquedo do pai.

– Meu carro! – gritou Francis, que acabara de perceber o que estava acontecendo.

Ele correu para fora e começou a gritar no meio da nuvem de poeira que o carro deixara para trás. Francis nem tivera tempo de ver o rosto do ladrão, daquele assassino.

– Não pode ser! – exclamou raivosamente, chutando o chão a cada cinco segundos como uma criança manhosa. – E agora? – perguntou para o mecânico, sem olhar para o homem.

– Chame a polícia – respondeu o mecânico, colocando o boné na cabeça. – Bem, até a próxima!

Ele subiu no reboque e foi embora tranqüilamente. Francis ficou parado no meio do pátio, no mesmo lugar, abobalhado, sem saber o que fazer.

– Querido! – chamou-o Rosa.

Francis voltou-se e viu a pateta de sua mulher segurando uma jarra entre as mãos, com quase todos os dedos cobertos de esparadrapo.

– Consegui fazer uma limonada! – disse Rosa, toda feliz.

capítulo 16

Arquibaldo entrou no sótão, que ele transformara em escritório, sala de estar e, agora, muro de lamentações. O pobre homem estava abatido e até dava a impressão de ter encolhido, tamanha era sua tristeza. O neto continuava desaparecido, e nada no mundo o entristecia mais. Arthur era seu raio de sol, sua alegria de viver. O menino era a lembrança constante do que ele havia sido um dia, um garotinho inquieto e cheio de vida, explodindo de energia a cada segundo, que achava tudo maravilhoso e, principalmente, estava sempre pronto para qualquer aventura. Quando garoto, Arquibaldo voltava são e salvo das brincadeiras, mas Arthur partira para uma aventura que estava em outra dimensão. Não era um jogo, mas uma guerra.

Arquibaldo deixou-se cair pesadamente na poltrona e soltou um grande suspiro. Ele segurava na mão o vagão do trem elétrico que encontrara no chão. O brinquedo estava completamente destroçado. Arquibaldo balançou a cabeça e sorriu.

Como o neto conseguia deixar seus brinquedos naquele estado?, perguntou-se, com uma ponta de admiração.

Ele juntou os pedaços do teto e foi procurar o tubo de cola que usava em suas maquetes. Porém, ficou intrigado com alguma coisa que estava na traseira do vagão, um objeto que ele não percebera antes. Ele pegou a lupa, aproximou-a da plataforma e viu Darkos sentado com as pernas penduradas do lado de fora. Ele parecia completamente apático, tão deprimido como o Bisonho, o fiel amigo do Ursinho Pooh.

– Darkos, o que é que você está fazendo aí? – perguntou Arquibaldo, que, considerando a diferença de tamanho entre os dois, não estava nem um pouco preocupado.

Mas foi exatamente essa diferença de tamanho que fez Darkos tapar as orelhas com as mãos.

– Não precisa gritar! Eu não sou surdo! – gritou de volta, recuperando seu vigor de repente.

– O quê? Não estou ouvindo nada! – respondeu Arquibaldo, aguçando os ouvidos.

Se antes os dois já tinham dificuldade para se comunicar, não seria agora que as coisas iam melhorar.

O avô de Arthur pensou um minuto, remexeu dentro de uma gaveta, pegou um microfone, ligou-o a um amplificador e depois o colocou bem na frente do vagão.

– Pronto, fala – sussurrou. – Fala na máquina.

Reticente, Darkos aproximou-se do microfone e deu um tapa nele. Um barulho ensurdecedor invadiu o escritório como se fosse um eco nas montanhas.

– Está me ouvindo? – berrou Darkos.

Arquibaldo tapou as orelhas e deu um pulo para trás.

– Você me chamou? – perguntou Margarida, que estava descansando no quarto ao lado.

– Hum... não, meu coração. Está tudo bem. Eu... eu só estava testando o microfone – respondeu Arquibaldo, diminuindo o som do amplificador. – O que é que você está fazendo aí? – perguntou baixinho para Darkos.

– Eu não sei! – respondeu Darkos, dando de ombros. – Eu estava seguindo Arthur e Selenia. Eu queria assustá-los, mas meu pai chegou e.. me abandonou de novo.

O guerreiro parecia muito deprimido, o que bastava para enternecer um avozinho como Arquibaldo.

– Você sabe onde está Arthur? – perguntou gentilmente.

– Ele foi ver a rainha das abelhas para pedir o licor de mel para crescer e poder ir atrás do meu pai – respondeu Darkos sem o menor entusiasmo.

Arquibaldo começava a entender melhor o que estava acontecendo. Arthur estava tentando de tudo para impedir que Maltazard fizesse algum mal. Provavelmente, ele passara no escritório para pegar o frasco, mas M. havia sido mais rápido.

– É isso mesmo! – confirmou Darkos. – Ele queria beber o conteúdo do frasco para voltar ao tamanho normal.

– Maltazard certamente irá para a cidade para destruir tudo – murmurou Arquibaldo, sentindo seu sangue começar a ferver. – Precisamos fazer alguma coisa! Não posso deixar

Arthur lutando sozinho contra esse monstro! – exclamou, ficando em pé de repente.

Ele pegou o fuzil de caça que estava pendurado na parede fazia séculos, colocou um magnífico capacete colonial na cabeça e preparou-se para sair, tão ridículo como um ator de uma opereta.

– Arquibaldo! – gritou Darkos ao microfone.

Arquibaldo se assustou tanto que a espingarda disparou sozinha. O lustre do teto caiu aos pés dele como um pássaro atingido em pleno vôo. Muito sem jeito, Arquibaldo olhou para aquele quadro de natureza-morta.

– O que está fazendo? – gritou Margarida, do outro quarto.

– Não foi nada! Só estou arrumando um pouco as coisas – respondeu Arquibaldo.

– Já não era sem tempo – gritou a avó de Arthur do outro lado da parede.

Darkos aproximou-se do microfone.

– Arquibaldo, eu quero ajudar! Eu conheço Maltazard muito bem, conheço seus defeitos e suas fraquezas. Posso ser útil para você. Me deixe passar para seu mundo que eu o ajudo a acabar com Maltazard e suas maldades.

Arquibaldo voltou até a escrivaninha e sentou. A proposta era tentadora. Era verdade que um guerreiro como Darkos seria muito eficaz no meio de um exército que só contava com um velho e uma criança. Mas como ele poderia ter certeza de que não se tratava de mais uma armadilha do guerreiro? Como confiar nele? Quem poderia impedi-lo de procurar seu pai e unir-se a ele novamente quando tivesse dois metros de altura? Suas forças conjuntas se transformariam em uma arma terrível, e ninguém mais conseguiria impedi-los de destruir o mundo.

– Eu nunca tive vontade de dominar o mundo, menos ainda de destruí-lo – disse Darkos, abaixando os olhos. – O que eu queria era poder brincar com meus amigos como todas as crianças da minha idade, mas meu pai sempre me proibiu. Ele dizia que eu pertencia a uma raça superior, que não podia me misturar com os outros, que altas funções me aguardavam e que eu devia me preparar para elas. Mas as ambições dele não eram as minhas. Eu só queria ser como todo mundo, fazer parte dessa grande família.

Arquibaldo, que não esperava uma confissão assim, estava quase chorando.

– Eu preciso falar com meu pai, tentar fazê-lo entender que o caos e a destruição nunca trarão paz para ele. Não se trata da dor pela dor. Eu preciso dizer isso a ele, e, se ele não me ouvir, lutarei contra ele!

Arquibaldo pegou a lupa, aproximou-a de Darkos e observou-o longamente.

– Eu vou acreditar em você porque acredito que cada um de nós merece uma chance para se redimir. Mas, se você estiver me enganando e tudo isso não passar de uma armadilha, o céu castigará você! – ameaçou.

– Prefiro morrer desonrado a quebrar minha palavra – respondeu Darkos, como bom guerreiro que era.

Arquibaldo tirou um livro da prateleira, enfiou a mão no vão e pegou outro frasco, igual ao primeiro.

– Você... você tinha outro frasco escondido? – gaguejou Darkos, impressionado com aquele truque.

– Tinha – respondeu Arquibaldo, sorrindo. – Eu aprendi a conhecer seu pai durante os longos anos que passei como prisioneiro dele. Hoje sei que não se deve jamais subestimá-lo e que é preciso ser sempre previdente.

Arquibaldo arrancou a rolha de cera que fechava a garrafinha e colocou-a em cima da mesa. Darkos passou do vagão para a beirada do frasco e saltou de pés juntos dentro dele. Agora ele só tinha que beber tanto quanto agüentasse.

Pequenos raios brilharam dentro do frasco como em uma nuvem distante. Darkos começou a crescer e inchar a olhos vistos. Em poucos segundos ele estava grande demais para caber no frasco, que explodiu em mil pedaços. Seu corpo desdobrou-se e esticou como um balão.

A cabeça empurrou as vigas que sustentavam o teto do escritório. Darkos estava com dois metros e sessenta centímetros de altura. Ele parecia um touro dentro de uma armadura, e era tão peludo como um porco-espinho. Boquiaberto e com a cabeça jogada para trás, Arquibaldo tentou enxergar o rosto do guerreiro, que estava preso entre as vigas.

Quando viu o monstro que libertara, Arquibaldo se perguntou se não fizera a maior besteira de toda sua vida. Darkos soltou-se das vigas, aproximou-se dele e debruçou-se. Gotas de suor começaram a brotar na testa de Arquibaldo. O guerreiro abriu um belo sorriso, deixando à mostra os dentes assustadores, que fariam empalidecer até um tubarão branco.

— Então? Vamos? — perguntou gentilmente o guerreiro.

Arquibaldo ficou aliviado. Darkos mudara de tamanho, mas não de comportamento, e o velho homem se deu os parabéns por confiar nele até o fim.

— E agora? Como faremos para sair de casa "discretamente"? — perguntou Arquibaldo preocupado, que certamente teria achado mais fácil tirar um elefante de uma loja de cristais.

Arthur também estava com dificuldade para se manter discreto. Seu carro era o único na estrada, pois todo mundo já havia fugido daquelas bandas. Ao longe, via-se a fumaça que subia da cidade. Uma fumaça preta no meio da qual apareciam de vez em quando os musticos gigantescos que cruzavam o céu como aviões de guerra cumprindo uma missão.

Arthur estava pasmo. A destruição do mundo já começara, e, apesar de sua coragem, ele não sabia exatamente o que fazer para deter tudo aquilo. Ele deveria começar perguntando-se como parar o carro, porque os freios não funcionavam. O mecânico certamente diria que não era culpa dele, porque só haviam pedido para consertar a grade do radiador, e não os freios. E ele o teria feito com o maior prazer, porque qualquer trabalho que aumentasse a conta do cliente era sempre um prazer enorme para ele.

Arthur podia pisar no pedal do freio o quanto quisesse: nada acontecia. O carro ia a toda a velocidade na direção da cidade, como uma águia atrás de um camundongo, e quanto mais a águia se aproximava, mais o camundongo aumentava de tamanho, até ficar tão grande como uma montanha.

O menino atravessou uma nuvem espessa e escura, e entrou na cidade, para a grande surpresa dos seídas. Ele se chocou contra alguns musticos e provocou uma enorme desordem no batalhão. Do alto de seu mustico, Maltazard começou a ficar preocupado com aquele foco de resistência. Ele apontou o dedo para o carro e deu ordens para interceptá-lo. Imediatamente, uma dezena de musticos se posicionou no meio da estrada para bloquear a trajetória do veículo. Arthur teria preferido evitá-los, mas sem freios era difícil, e ele se enfiou no meio dos musticos como uma bola de boliche.

A esquadrilha ficou toda destruída, e a frente do carro, que acabara de ter sido consertada, também. Mas, apesar desse azar, Arthur teve sorte, porque ele conseguiu terminar a corrida batendo contra a vitrine da oficina "Socorrufa", que merecia seu nome, porque o proprietário era um trapaceiro. Mas, enfim, seu pai teria de pagar um reboque a menos, pois o carro foi parar em cima do macaco hidráulico.

No mesmo instante, dois musticos se posicionaram na frente da oficina destruída. Os seídas olharam para o interior, tentando localizar uma alma viva que tivesse sobrevivido àquele monte de ferragens e cacos de vidros. Mas, além da velha lâmpada de néon que balançava e rangia regularmente no alto da entrada, nada se mexia. Nem sinal de Arthur. O que não é de espantar, porque Arthur já estava encostado no teto, bem acima dos dois musticos. O menino tomou coragem e pulou em cima de uma das montarias, bem atrás do condutor. O choque pegou o animal de surpresa, que corcoveou e lançou o piloto em cima de um poste.

– Obrigado! – agradeceu Arthur, que não esperava tanto.

Ele assumiu o lugar do piloto, agarrou as rédeas e foi embora.

Maltazard, que acompanhara toda a cena, mandou seu melhor esquadrão atrás do menino.

Arthur não esquecera como o mustico funcionava. Era como andar de bicicleta, nunca se esquece. Depois de fazer algumas acrobacias aéreas, ele se sentiu como um peixe dentro d'água. Os outros musticos colaram atrás de seu rastro sem abandoná-lo nem um instante sequer. Arthur começou a evitar os obstáculos no último momento para ter certeza de que atingiriam seus perseguidores bem no meio da cara. Ele conhecia a cidade muito bem, o que certamente era uma vantagem. Por exemplo, ele sabia que o que se via do outro lado da fazenda do prefeito não era o céu azul, mas o painel publicitário de um inseticida. Ele voou por cima da fazenda e virou para a esquerda bruscamente. O que não foi o caso do mustico que o seguia, que acabou se esborrachando contra o céu azul, exatamente em cima do jato do inseticida desenhado no painel. "Matem todos!", anunciava a propaganda, que agora podia se orgulhar de estar em alto relevo.

Sempre perseguido por um esquadrão de musticos, Arthur puxou a espada mágica quando ele passou pelo sino da igreja.

Ele cortou o cordame que o prendia e mergulhou imediatamente rente ao chão. O cordame rompeu-se ao meio, o sino soltou-se e começou a cair na direção do altar. Arthur voou rapidamente para o interior da igreja, cujas portas estavam abertas de par em par. Um seída foi atrás dele e também puxou a espada, pronto para massacrar aquele pequeno pretensioso que não parava de zombar das tropas. Claro que o seída não viu o sino, que caiu bem em cima dele. Ele estava preso como um queijo debaixo de uma cúpula de vidro. Arthur saiu da igreja a toda a velocidade, tão depressa que provocou uma corrente de ar, e todas as portas começaram a bater. Os três musticos que o perseguiam não pouparam despesas: eles se arrebentaram contra o enorme portão de carvalho.

Maltazard sorriu ao constatar a agilidade de seu adversário. Ele gostava de uma boa competição: "Vencer sem perigo é triunfar sem glória". Ele até se permitiu aplaudir seu rival antes de enviar uma nova esquadrilha em sua perseguição.

Arthur recuperou o fôlego e partiu para enfrentar novas armadilhas. Será que ele conseguiria resistir durante muito tempo naquele ritmo? Provavelmente sim, e era exatamente com isso que Maltazard estava contando. Ele deixaria seu inimigo se esgotar e depois aplicaria pessoalmente o golpe de misericórdia. Arthur era valente, porém, ainda muito jovem para entender a armadilha que estava sendo armada para ele.

Maltazard tecia sua teia como uma aranha e observava sua presa se debater até a exaustão. Dentro em pouco ele poderia devorá-la à vontade.

*

Arquibaldo fez muito bem em sair pela porta dos fundos, porque, se alguém visse Darkos, correríamos o risco de assistir a uma série de desmaios. O guerreiro foi obrigado a caminhar um pouco encurvado para não bater no alpendre que contornava a casa (o que o fez resmungar um pouco). De que adiantaria ser de um tamanho tão imponente se isso não servisse para nada?

– Tudo tem sua hora – sussurrou Arquibaldo. – Se conseguirmos evitar Francis, ganharemos tempo.

O Francis em questão estava na sala martelando no telefone:
– Alô? Atenda logo!

Ele não corria o risco de ser atendido por quem quer que fosse porque Maltazard e seu exército já haviam explodido a central telefônica fazia muito tempo.

Arquibaldo e Darkos aproveitaram a teimosia de Francis para passar debaixo do nariz dele sem ser notados. Eles mal tinham acabado de se safar quando Arquibaldo tropeçou na espreguiçadeira de Rosa.

– Bom dia, papai! – gritou a filha, sorrindo como uma mulher neurótica.

É claro que todas aquelas peripécias a haviam abalado demais, e seus neurônios realmente pareciam estar fora do lugar. Ela se agitava, tinha tiques nervosos e dava risadinhas esporádicas sem nenhum motivo aparente. Tudo indicava que em breve ela faria uma visita ao hospício. Rosa estava tirando a maquiagem – o que levaria algum tempo, porque a metade do rosto estava pintado de esmalte cor-de-rosa, e ela o fazia com muita calma e perseverança.

De repente, ela viu Darkos: dois metros e sessenta de altura, olhos tão negros como duas jabuticabas, um cocuruto formado de lâminas de navalha em cima da cabeça.

– Bom dia, senhor! – cumprimentou-o, nem um pouco impressionada.

Depois de uma formiga gigante, não seria um galinho de crista dura que iria abalar Rosa.

– Quer uma limonada? – perguntou como uma louca que repete a mesma frase sem parar.

– Não, obrigado, minha gatinha. Nós só estamos de passagem – respondeu Arquibaldo afetuosamente.

Rosa ficou preocupada e com medo de que de repente um gato gigantesco passasse na frente dela. Isso não a espantaria nem um pouco nesse mundo de loucos no qual vivia, mas sua preocupação não se originava daí. A questão era: haveria limonada suficiente para todo mundo se os gatos também comparecessem à festa?

Arquibaldo decidiu que cuidaria da filha mais tarde. Primeiro, precisava salvar o mundo. Ele empurrou Darkos para a escada, e Rosa continuou com sua limpeza como se nada tivesse acontecido.

O avô de Arthur entrou na garagem e puxou a lona que cobria seu belo cabriolé. Ele o comprara ao voltar de sua aventura. É verdade que cometera uma pequena loucura, mas depois de quatro anos de ausência ele tivera um prazer enorme de levar Margarida até a cidade naquele lindo veículo conversível. Claro que a avozinha de Arthur compartilhara o prazer do esposo, pelo menos nas primeiras vezes. Mas, com o passar do tempo, ela se cansara de ter de ir e voltar quatro vezes ao dia para fazer compras porque o bagageiro era muito pequeno. A partir daí, Arquibaldo cobrira sua belezinha com uma lona e só saía com o cabriolé aos domingos para levar Margarida à missa.

— Você sabe dirigir? — perguntou para Darkos, que não parava de acariciar o carrinho e babar de admiração.

— Não deve ser mais complicado do que um gâmulo — respondeu Darkos, sorrindo feito uma criança.

Darkos entrou no carro, virou a chave do motor e pisou fundo no acelerador. Ele até que se saiu bem. Quem se deu mal foi o carro, porque, com toda aquela agitação, nossos dois amigos haviam esquecido de abrir a porta da garagem. O carro deu um salto para frente e arrebentou a porta de madeira. Darkos rodou e rodopiou com o carro em cima do cascalho até que finalmente conseguiu dominar a máquina. Quando conseguiu, ele saiu a toda a velocidade pela estrada estreita de terra.

— Desculpe por causa da porta — disse, muito sem graça. — Em geral eu costumo fazer as coisas direito, mas às vezes de um jeito meio desastrado.

— Não faz mal. Eu ia mesmo trocar a porta — respondeu Arquibaldo, sempre gentil. — Você dirige muito bem.

— Obrigado! — agradeceu timidamente o guerreiro, todo constrangido com o elogio.

Provavelmente era o primeiro elogio que Darkos recebia em toda a vida, e o deixara muito confuso. Ele sentia aquela bolinha calorosa, chamada emoção, invadir seu ventre e subir até a cabeça. Na sua passagem, o coração acelerou, a respiração ficou mais curta e os olhos começaram a arder, pouco antes de as lágrimas rolarem. Era muito bonito ver um guerreiro emocionado com lágrimas nos olhos. Em contrapartida, aquele sentimento não era nada prático para dirigir, e Darkos começou a sair da estrada sem perceber. Arquibaldo agarrou o volante e consertou a trajetória com um golpe seco.

— Desculpe, mas não entendo o que está acontecendo comigo — confessou Darkos, um pouco febril.

— Isso se chama emoção. Sabe, faz muito bem à gente. Você só precisa aprender a dominá-la um pouco e evitar senti-la quando está dirigindo um carro — explicou Arquibaldo.

— É mesmo? Ok! — respondeu Darkos, sem saber ao certo se tinha entendido tudo.

Enquanto procurava entender, Darkos se debruçou um pouco mais perto do pára-brisa, concentrou-se na estrada e acelerou.

capítulo 17

Selenia estava sentada na beira da colméia e examinava o horizonte. Muito nervosa, ela retorcia as mãos sem parar. Se alguém amarrasse um fio de lã na ponta de cada dedo, ela já teria tricotado um pulôver. Mas havia razão para ficar nervosa. Maltazard estava na cidade, preparava-se para destruir o mundo, e seu pequeno príncipe encantado partira para lutar sozinho contra um exército inteiro.

— Droga! Por que fiquei aqui parada como um vaso? — exclamou Selenia. — Cabe a mim, eu que sou uma princesa de sangue real, lutar contra aquele maldito M., e não ao coitado do Arthur. Ele pode ter muita boa vontade, mas não teve o treinamento militar que eu recebi.

— Mas até que ele não se saiu tão mal até agora, não é verdade? — respondeu Betamecha bem-humorado.

— Sim, é verdade — concordou a princesa. — Mas ele é tão jovem, e M., o Maldito, é tão monstruoso, que temo pela vida de Arthur.

Os nervos da princesa estavam em frangalhos, e esse pensamento foi suficiente para que ela se debulhasse em lágrimas. Betamecha colocou a mão gentilmente em cima do ombro de Selenia.

– Não se preocupe, minha grande irmã, tenho certeza de que seu belo príncipe vai se sair bem dessa. Ele agora já está bem grandinho.

Arthur passara de dois milímetros para um metro e vinte, mas seria suficiente para acabar com Maltazard e seus dois metros e quarenta?

Selenia tinha suas dúvidas. Ela secou as lágrimas, aproximou-se mais da beirada da colméia e apurou os ouvidos na direção daquele barulho estranho que vinha da estrada. Franziu os olhos para enxergar melhor e viu o cabriolé de Arquibaldo, que levantava um rastro de toneladas de poeira. Por um momento sentiu-se mais tranqüila ao imaginar que o avô de Arthur ia socorrer o neto. Mas isso não durou mais do que um breve instante, porque então ela viu Darkos todo encolhido ao volante do carro e tão decidido como um touro que tivesse avistado um Papai Noel.

Selenia deduziu que Arquibaldo era prisioneiro e que Darkos ia se encontrar com M., seu pai. Evidentemente suas conclusões estavam erradas, mas as aparências enganam muitas vezes, e o sangue da princesa subiu à cabeça. Ela correu até o fundo da colméia, onde a rainha das abelhas estava descansando depois de tanto esforço. No caminho, esbarrou com o intérprete, que estava indo para seu casulo para terminar a sesta. A pobre criatura se desequilibrou e caiu de bruços no chão.

– E o que foi agora? Quando será que vão finalmente me deixar recuperar minha falta de sono? – reclamou o velho da barba florida.

– Se você não traduzir tudo o que vou dizer para a rainha, garanto que você dormirá por toda a eternidade! – gritou a princesa, tensa como um arco.

O intérprete entendeu que não era momento de fazer qualquer reivindicação, nem mesmo brincando. Selenia parou na frente da rainha, que era dez vezes maior do que a princesa, inspirou profundamente para se dar coragem e disse:

– Minha rainha, o perigo que ameaça Arthur agora é muito maior porque Darkos, o filho de Maltazard, uniu-se ao pai em sua luta. O jovem príncipe é corajoso e valente, mas o combate é desigual. Ele vai perder a batalha. E, se Arthur perder a batalha, nós perderemos a guerra. Maltazard destruirá seu mundo e o nosso ao mesmo tempo. Imagine a vida sem a água cristalina dos rios, sem as folhas nas árvores, sem as flores para sugar o néctar? Se a floresta desaparecer, nós todos desapareceremos junto.

Selenia estava com o coração na mão e os olhos cheios de lágrimas. Ela jamais havia sido tão sincera. O tradutor dedilhava a flauta e fazia o impossível para transmitir todo o desespero que transparecia naquele discurso.

A rainha das abelhas não permaneceu insensível àquela declaração, mas o cansaço certamente a impedia de se expressar. Selenia aproximou-se mais da soberana, para tentar convencê-la.

– Majestade, eu sei em que solidão a senhora vive. Vossa Majestade é uma rainha e precisa governar este grande reino sozinha. Vossa Majestade não tem um ombro no qual se apoiar, uma pessoa a quem se dirigir para compartilhar suas dúvidas, um sorriso cúmplice que lhe devolva as forças quando elas a abandonam. Vossa Majestade sabe melhor do que ninguém como a solidão é difícil de ser suportada muitas vezes, e eu tenho certeza de que não a deseja para ninguém. Mas, se eu perder meu príncipe, minha solidão será ainda maior do que a sua, e meus olhos jamais chorarão lágrimas suficientes para afogar minha tristeza. Ao salvar a vida de Arthur, Vossa Majestade salvará a minha.

As palavras atingiram como flechas o coração da rainha das abelhas. De repente, ela esqueceu o cansaço e emitiu alguns sons um pouco agudos, que o tradutor decifrou imediatamente.

– Qual é seu plano, Digníssima Princesa? – traduziu.

Selenia secou as lágrimas. Seu rosto iluminou-se com um grande sorriso.

O plano de Maltazard certamente não tinha nenhuma relação com o de Selenia, mas estava funcionando às mil maravilhas. Arthur se sentia exausto, e seu mustico estava em um estado lastimável. Durante a emboscada, o pobre animal perdera uma asa e faltavam dois painéis de direção em cima dos grandes olhos globulosos. Os painéis de direção eram colocados sobre os olhos do animal e ligados diretamente às rédeas. Esse sistema permitia que, ao puxar as rédeas, o condutor indicasse ao mustico a direção que queria tomar. Havia quatro painéis em cima de cada olho, mas, se faltasse um, o manejo do mustico ficava difícil. Infelizmente, Arthur sofrera um número incalculável de ataques, e restavam apenas dois painéis em seu pobre mustico. Era o mesmo que dirigir um carro sem pedais e sem volante.

Maltazard adorava observar alguém quando o desespero tomava conta de seu olhar e perturbava seu corpo. As mãos ficavam tensas, a respiração ofegante, e os erros se acumulavam. Por mais que Arthur puxasse as rédeas, o mustico estava incontrolável. Ele acabou batendo na beirada de um teto e amassou a única asa que ainda estava inteira.

O mustico começou a perder altura. Arthur não conseguiu mais manobrar o veículo, que caiu no chão em meio a uma nuvem de poeira. Arthur aterrissou no chão como um cormorão na água. A espada mágica se soltou das mãos do menino e desapareceu na poeira.

Maltazard aguardara esse momento com impaciência e não conseguiu resistir ao prazer de aplaudir.

– Muito bem, rapaz! Você nos deu um belo espetáculo! Sua resistência é impressionante, mas completamente inútil. Agarrem-no!

Uma dezena de seídas desmontou dos musticos e se jogou em cima de Arthur, que já não tinha mais forças para lutar. Em poucos segundos Arthur estava amarrado como uma carne assada pronta para ser colocada no forno.

– Preparem o poste dos sacrifícios! – ordenou Maltazard para os guardas que o acompanhavam.

Alguns musticos começaram a serrar um poste de luz e depois jogaram fora todos os fios. Os seídas enfiaram com força a coluna no chão, no meio da praça, com o pobre Arthur amarrado nela como um caubói perdido no meio de uma aldeia indígena.

Maltazard aproximou-se da prefeitura, desmontou do mustico e subiu até o grande balcão. Gostava de discursar enquanto dominava seus vassalos. Além disso, lá de cima ele podia apreciar melhor os estragos que causara.

Ele olhou para a cidade que se estendia a seus pés – ou melhor, para o que restava dela. Metade das casas havia sido queimada; rolos de fumaça grossos e negros barravam as estradas de todos os lados; destroços de carros cobriam o solo como folhas de outono, e todos os habitantes haviam desaparecido. Arthur era o único que ficara na cidade, embora contra sua vontade, amarrado no poste no meio da praça. Ele estava rodeado por centenas de seídas, todos muito felizes por poder assistir àquele espetáculo. A tortura de prisioneiros em público fazia parte das distrações preferidas dos seídas. (O que não era nada estranho, porque os povos guerreiros sempre adoraram esse tipo de diversão. Há dois mil anos, alguns soberanos jogavam os inocentes aos leões. Atualmente, encontrar um leão no meio do campo já não é mais tão fácil. Mas vamos confiar em

Maltazard e seu maquiavelismo natural. Ele certamente vai encontrar uma nova tortura digna da sua pessoa. Se o ignóbil M. entrasse para o livro dos recordes, provavelmente seria na rubrica "Tortura", porque só Deus sabe quantas ele foi capaz de inventar. Se fizéssemos um inventário detalhado aqui, você certamente acabaria enjoado. Assim sendo, vamos evitar os males do estômago...)

— Meus caros e orgulhosos soldados! — começou a dizer Maltazard com sua voz poderosa, erguendo os braços.

A tropa dos felizes imbecis que estava reunida lá embaixo começou a gritar coisas sem nexo, com um grande barulho.

— Nós destruímos o inimigo! Agora este novo território nos pertence!

Os guerreiros ergueram as espadas em uma explosão de alegria.

— Mas este território é apenas uma ínfima parcela do que nos aguarda. Logo o mundo inteiro será nosso!

A multidão foi ao delírio. Por comparação, um concerto de rock pareceria uma quermesse de paróquia.

— E, para festejarmos dignamente nossa primeira vitória, eu proponho homenagearmos o único resistente que encontramos: o jovem príncipe Arthur em pessoa!

Os seídas aplaudiram com muita dignidade a proposta, como se estivessem assistindo à entrega de um Prêmio Nobel. Qualquer guerreiro se sentiria lisonjeado com tamanho reconhecimento, mas Arthur não era um guerreiro de verdade. Ele não passava de um garotinho de dez anos de idade, muito corajoso para lutar contra uma pessoa mais forte do que ele, bastante digno para combater a injustiça e suficientemente apaixonado para dar sua vida por uma princesa. Ela certamente teria gostado de gritar, se debater, recusar aquele fim horrível que o aguardava, mas ele não tinha mais forças nem coragem. Tudo o que ele podia esperar agora era que Selenia continuasse seu trabalho e vencesse onde ele fracassara. Ele sabia que a princesa era orgulhosa e valente, e que nunca deixaria Maltazard em paz. Esse pensamento tranqüilizou-o um pouco e até o fez sorrir.

E aquela era a última coisa que Maltazard esperava ver: um sorriso no rosto de um prisioneiro amarrado no poste dos sacrifícios.

– Você realmente é muito audacioso, meu rapaz, e para honrar sua atitude corajosa vou duplicar minha imaginação para encontrar para você uma tortura digna de meu nome – declarou o Mestre sadicamente.

Os duzentos seídas começaram a esfregar as mãos e a dar risadinhas de deboche. Maltazard preferiu esfregar o queixo, como sempre fazia quando pensava. Mas dessa vez ele o esfregava com suavidade, um sinal de que a idéia ia demorar a vir. Sua perversidade chegara tão longe que encontrar algo pior começava a ser um problema. Mas ele precisava demonstrar que estava à altura de sua reputação. A idéia de decepcionar o exército e o prisioneiro nem lhe passava pela cabeça. Os seídas aguardavam impacientes. Alguns aplaudiam, outros batiam com os pés no chão, e outros babavam sem perceber. Arthur sentia-se cada vez mais calmo, como se não temesse mais a morte certa.

A agitação entre o exército de seídas atingiu o auge, e todos os guerreiros aguardavam a decisão de Maltazard. Ele levantou os braços e, para a surpresa geral, gritou:

– Desamarrem-no!

Se nessa tortura havia alguma perversidade, ela escapara a todos. Mas talvez dar um pouco de esperança antes de atacar novamente fosse parte do plano... Maltazard levaria o sadismo até esse ponto? Muito ansiosos para ver o que aconteceria a seguir, achando que tudo aquilo era o prenúncio de algo horrivelmente repugnante, alguns seídas correram para soltar Arthur.

– E agora... deixem o garoto ir embora! – gritou Maltazard em um tom de voz hesitante.

Entre o exército, a incompreensão foi total. Uma perversidade como aquela era complexa demais para seus pequenos cérebros, e ninguém mais entendia o que estava acontecendo. Maltazard nunca hesitara ao falar. Mas como não hesitar com a lâmina de uma faca encostada na garganta? Darkos mudou um pouco de posição e apareceu atrás do pai, que era ao mesmo tempo seu escudo e seu refém. O espanto foi geral entre os seídas. Ninguém ousou se mexer, exceto Arthur, que esfregou os punhos e foi procurar a espada mágica que desaparecera no meio da poeira.

capítulo 18

Maltazard recuperou um pouco o autocontrole. Seu filho o atacara de surpresa, mas a surpresa passara, e o mestre começou a colocar suas células cinzentas para funcionar. Como ele podia estar numa situação tão ridícula, logo ele, que criara e amara Darkos como seu próprio filho?, perguntou-se, completamente desorientado. Mas esse era o verdadeiro problema: Darkos "era" seu filho, um fato que M. esquecera fazia muito tempo. Mas o tempo se encarrega sempre de colocar as coisas em seus devidos lugares e manter os relógios na hora certa.

– Como você pode tratar seu próprio pai assim? – reclamou em um tom de voz carregado de uma emoção fingida.

– E você, meu pai? Como pôde abandonar seu filho duas vezes seguidas? – respondeu Darkos com a firme intenção de não ceder nem um milímetro.

– Então, eu tenho que ser castigado porque confiei em você?

A pergunta era um pouco complexa demais para Darkos, que não soube responder outra coisa, exceto:

– O que você quer dizer com isso?

– Eu sei que abandonei você duas vezes em situações de perigo, mas as duas vezes eram provas que formam um caráter. Um futuro soberano precisa aprender a resistir aos golpes mais duros, pois esse é seu caminho para chegar ao trono. O que está em jogo é meu trono e minha sucessão, e eu quero que os dois sejam do meu único filho. Você acha que eu deveria protegê-lo de tudo e transformá-lo em um vermezinho? Ou era meu dever formá-lo e guiá-lo para seu destino? Aquelas provas eram tanto suas como minhas! Você tem idéia da dor de um pai quando ele vê seu filho ter de lutar para sobreviver? Eu sei que sua aprendizagem foi uma das mais duras, mas um imperador não é moldado do salgueiro-chorão, mas do carvalho da montanha, da pedra da lava e no fogo do diabo.

Darkos encheu o peito de orgulho automaticamente. Esses guerreiros são todos a mesma coisa: basta falar de músculos e eles se esticam como bambus.

Arquibaldo esgueirou-se entre os seídas que estavam na praça da cidade e avistou o neto:

– Arthur!!

– Vovô!!

Eles caíram nos braços um do outro, muito aliviados ao saber que ambos estavam sãos e salvos.

– Oh, Arthur! Isso é maravilhoso! Se você soubesse como estou feliz de ver você novamente!

– Eu também, vovô. Mas também gostaria de encontrar a espada mágica que Selenia me deu. Me ajude a procurá-la.

E os dois começaram a procurar a célebre espada no meio da poeira.

Maltazard continuava no balcão com a faca de Darkos encostada na garganta.

– E, depois, o que você teria pensado de mim se eu o tivesse proibido de fazer as provas? "Meu pai não confia em mim? Ele acha que eu sou incapaz de governar?" Não, muito pelo contrário. Confiei em você porque nunca duvidei de suas qualidades. Eu sabia que você sairia dessas experiências ainda mais forte e que governar estaria finalmente ao seu alcance.

Darkos estava meio perdido. Não, ele estava completamente perdido. Será que se enganara desde o início? Será que seu pai havia realmente feito tanto por ele sem que percebesse? E que todas aquelas demonstrações de indiferença haviam sido provas de amor disfarçadas?

– Olhe para seu exército, meu filho, ele está aqui, na sua frente – continuou Maltazard, apontando para os duzentos seídas petrificados na praça. – Eles esperam por você! Um imperador jovem e valente que os conduzirá por vitórias e conquistas até o fim dos dois mundos!

– E... e o senhor, meu pai? – perguntou Darkos, cuja lâmina da faca pressionava um pouco menos a garganta de Maltazard.

– O meu tempo terminou. Agora devo me retirar, e meu único prazer será ouvir sem parar as narrativas de suas novas aventuras. Assim é a grande Roda da Vida. Uma estrela se apaga e outra nasce para brilhar ainda mais intensamente na noite.

Darkos deu um pequeno sorriso. Ele não entendera tudo o que o pai dissera, mas soava bonito. Além do mais, ele começava a controlar a emoção, como Arquibaldo havia ensinado a ele. Darkos abaixou o braço junto com a faca. Agora, Maltazard era quem sorria para homenagear seu próprio maquiavelismo.

– Vamos, meu filho! Fale ao seu povo!

Darkos estava todo emocionado, quase cambaleante. Ele até se recriminava de ter duvidado do pai daquela forma.

Mais tranqüilo depois das boas palavras que ouvira, Darkos passou timidamente na frente do pai e ficou na ponta do balcão, diante de seu novo exército, que continuava sem saber o que fazer ou pensar.

– Meu povo fiel, aqui está seu novo soberano! – gritou Maltazard para a multidão.

O pai pegou os dois braços do filho e obrigou-o a levantá-los bem alto. Os seídas estavam surpresos com aquela mudança radical, aquela transferência de poderes supersônica, mas como eles nunca tinham tempo suficiente para sentimentalidades, começaram a aclamar o novo soberano.

– Ah, não! – exclamou Arquibaldo, horrorizado com aquela mudança de situação.

O clamor deixara Darkos paralisado. Com os braços cruzados em cima do peito e o povo a seus pés, ele jamais poderia ter imaginado esse prazer, esse jato de adrenalina que aquela posição provocava. Agora, ele era o Senhor do Mundo. Ele sabia, ele sentia.

O único que parecia chateado com a nova consagração era Arthur. "Pobre Darkos", pensou suspirando. "Você acaba de cair na armadilha do poder."

Atrás do filho, Maltazard provavelmente concordava com Arthur, porque não conseguia mais parar de rir. Ele deixou Darkos bater palmas como um jovem galo durante mais alguns segundos, tomou impulso e deu um empurrão violento nas costas do filho. Darkos não teve tempo para entender o que estava acontecendo. Ele foi lançado para frente, atravessou o balcão e voou alguns metros no espaço até finalmente cair no chão.

Maltazard aproximou-se do buraco formado e dirigiu-se para seu povo:

– Agarrem-no! – gritou, o rosto novamente cheio de ódio.

Os seídas não se mexeram. Ninguém entendia mais nada. Amarra, desamarra, um novo chefe é eleito, é jogado do balcão, o antigo volta, e agora era preciso amarrar todo mundo outra vez. Isso era suficiente para ocupar o cérebro de um seída durante um ano. Maltazard suspirou. Era realmente uma chatice ter sob seu comando um bando de idiotas como aqueles.

– Foi-uma-brin-ca-dei-ra! Eu-continuo-sendo-o-mestre-de-vocês! Agora amarrem Arthur, Arquibaldo e Darkos no poste dos sacrifícios antes que eu me irrite e deixe vocês ardendo nas chamas como moscas ordinárias! – gritou, quase arrebentando as cordas vocais.

Nesse nível de som, um seída pára de pensar: ele executa. Eles pegaram Darkos, que ainda estava meio tonto, e o ataram em volta do poste junto com Arthur e Arquibaldo.

– Eu... eu lamento muito, Arthur! Eu... eu me deixei enganar – disse o guerreiro, envergonhado.

– Não faz mal – respondeu Arquibaldo. – Você foi um bom filho, e ele não passa de um mau pai. Um dia ele roerá os dedos de arrependimento.

– Enquanto isso ele vai cortar os nossos – disse Darkos, que estava por dentro do protocolo, pois ele mesmo o havia criado.

Arthur fez uma careta. A idéia de acabar em rodelas realmente não o agradava.

– Você tem alguma idéia para a gente sair daqui? – perguntou o menino, olhando em volta da praça.

– Se eu fosse suficientemente esperto para me soltar dessa armadilha, também teria sido para não cair nela – respondeu Darkos, muito lógico.

Maltazard desceu do balcão e atravessou a praça.

– Meus amigos, preparem-se para morrer – cochichou Darkos, inflando o peito, como isso tivesse o poder de protegê-lo da dor.

– Estamos prontos – disse Arquibaldo com toda a dignidade.

– Mas eu não estou – revidou Arthur, irritado. – Eu não tenho nenhuma vontade de morrer amarrado a um poste.

Temos que encontrar uma saída! Pelo menos encontrar a espada mágica!

Maltazard acabara de tropeçar em alguma coisa. Por ironia do destino, ele acabara de pisar na célebre espada. O soberano abaixou-se e pegou-a com enorme prazer.

– Vindo para cá, eu me perguntava de que forma iria trucidá-los. Pensei em muitas torturas, porque sou especialista no assunto, mas nenhuma me pareceu realmente digna de vocês. Mas, graças à Deusa da Floresta, que colocou essa espada no meu caminho, sinto que minha criatividade está voltando.

Maltazard sorriu para os três prisioneiros, um sorriso que parecia uma nuvem que se rasga sob o efeito de um raio.

– Respondam apenas uma coisa: por qual de vocês devo começar? – perguntou sadicamente.

– Por mim! – gritou Darkos no mesmo instante.

Maltazard ficou supresso. Ele não esperava que o filho reagisse tão rápido. Mas essa solução não o agradou. Abandonar o filho é uma coisa, matá-lo é outra. Maltazard podia ser mau, ignóbil, horroroso e malvado, mas sua idéia era acabar com Arthur e Arquibaldo e poupar o filho, depois de tê-lo humilhado bastante. Agora que haviam atrapalhado seu plano, como fazer Darkos entender que ele queria evitar o pior para ele?

– Eu... eu prefiro guardar o melhor para o fim – declarou o soberano, para mudar o rumo das coisas, mesmo que ninguém ali fosse bobo.

– Então comece por mim – exigiu Arquibaldo.

Essa solução também não agradava Maltazard, porque ela lhe daria menos prazer. Era evidente que ele preferiria começar por Arthur, para poder gozar melhor do sofrimento que leria no rosto do avô. O sadismo era uma arte na qual Maltazard se tornara um mestre.

— Prefiro começar por Arthur, para honrar sua valentia — respondeu Maltazard, que mentia como respirava.

Arthur ficou tenso e inspirou profundamente. Ele só tinha uma carta na manga, aquela que já jogara com Darkos: forçar Maltazard a ter pensamentos extremamente negativos para tornar a espada pesada demais para ser levantada.

— Piedade, meu senhor! Tenha piedade destes vermezinhos! — implorou Arthur com uma expressão no rosto tão triste como um cachorrinho abandonado.

— Arthur! Um pouco de dignidade! — ralhou Arquibaldo, que claramente não entendera o plano do neto.

Maltazard deu uma risada de escárnio.

— Pode ficar tranqüilo, Arqui! Seu Arthurzinho só está tentando me enganar. Ele quer me obrigar a ter pensamentos horríveis para a espada perder todos os poderes. Mas eu não nasci ontem e conheço esta adaga melhor do que ninguém — respondeu, acariciando a arma afetuosamente. — E será com um prazer, uma felicidade e uma alegria enormes que cortarei vocês em fatias e, é claro, sem nenhum rancor da minha parte.

O rosto de Arthur se desmanchou de pavor. Sua última carta havia sido batida. Ele perdera a partida. A tristeza tomou conta dele. Ele acabara de entender que ia deixar este mundo para sempre, porém não era isso que o entristecia mais. O pior era que nunca mais veria Selenia. Deixar seu mundinho, sua família, seu cachorro e seus brinquedos certamente o deixava muito triste, mas deixar Selenia era insuportável. Por mais que contorcesse seus pequenos punhos, eles estavam muito bem amarrados no poste dos suplícios, e o menino não sabia mais o que poderia impedir a espada, que Maltazard brandia, de cortá-lo ao meio. A arma parou um instante no ar, tão leve como sempre. O Maldito sorriu, e seu braço começou a descer na direção do menino. Arthur fechou os olhos para poder partir com a imagem de sua princesa adorada sorrindo para ele para sempre.

De repente, uma mão poderosa parou a espada a alguns centímetros da cabeça de Arthur. Era a mão de Darkos, que conseguira se soltar. Pego de surpresa, Maltazard foi interrompido no meio do impulso.

— Pai, eu não vou permitir que faça isso! — disse Darkos calmamente.

Era evidente que as horas que passara na companhia de Arquibaldo haviam feito um bem enorme a ele, e os dois neurônios de seu cérebro estavam afinal conversando um com o outro.

O sangue subiu à cabeça de Maltazard, e seu olhar parecia de um louco. Ele agarrou o filho pelo pescoço com sua pinça enorme e imprensou-o violentamente contra o poste.

— Eu quis poupar sua vida, mas, diante de uma humilhação como esta, você não me deixa nenhuma escolha!

Maltazard levantou a espada mágica novamente, pronto para acabar com a vida do próprio filho.

– Você é o primeiro que vai morrer! – gritou, o que não faz nada bem à saúde.

capítulo 19

Se Maltazard tivesse gritado menos, ele provavelmente teria ouvido aquele zumbido que se aproximava a toda a velocidade. A rainha das abelhas voava rente ao chão a mais de cem quilômetros por hora, com Selenia agarrada a suas costas.

– Alvo direto em frente! – gritou a princesa para a rainha, que entendeu a mensagem imediatamente.

As nádegas de Maltazard estavam à vista e, é claro, elas eram o alvo que a rainha devia atingir. A abelha pôs seu ferrão para fora e ajustou-o em posição de ataque.

– Adeus! – exclamou Maltazard (mais teatral, impossível).

A abelha apontou o ferrão como um avião de caça que se aproxima do alvo.

– Adeus! – gritou por sua vez Selenia tão alto que até Maltazard a ouviu.

Mas ouvir é uma coisa, reagir é outra. O ferrão se plantou a mais de cem quilômetros por hora no traseiro de Maltazard, que deu um grito de dor e quase caiu no chão. Ele largou a espada, que se enfiou de ponta na terra.

– O que é isso? – rosnou, tocando o local da ferroada, mas o veneno já se espalhava dentro dele e não iria demorar a fazer efeito.

O soberano sentiu imediatamente que algo se espalhava por seu corpo, mas era incapaz de prever os efeitos. De repente, ele começou a entrar em pânico, a arquejar, babar e a soltar fumaça de todos os lados.

– Vocês vão pagar caro por se opor à Minha Grandeza! – gritou, cuspindo em todas as direções.

Ele agarrou o punho da espada e puxou-a. Mas a espada não veio. Muitos sentimentos maus animavam aquele que queria possuí-la. Maltazard fazia força como um idiota, mas ela não saía do lugar. A espada estava enraizada no chão como um carvalho centenário. De qualquer forma, Maltazard teria mesmo muita dificuldade de tentar qualquer outra coisa, porque ele estava... encolhendo! E não era um leve rebaixamento, que seria considerado normal por causa da idade, mas uma verdadeira transformação, que o fez passar de um mundo para outro, daquele no qual media dois metros e quarenta para aquele onde não passava de três milímetros. Em poucos segundos, o Senhor das Tênebras, o soberano das Sete Terras e dois mundos, não passava de um insetinho semi-apodrecido, que se agarrava no punho da espada mágica para não cair no chão porque a altura da espada lhe dava vertigens.

– O que foi mesmo que você disse? Nos opormos à Sua Grandeza? – perguntou Arquibaldo, exultando de alegria.

– Este é o preço que se paga quando se contraria a Deusa da Floresta e se desprezam as regras da natureza – disse Arthur, aliviado ao ver Maltazard reduzido ao tamanho que merecia.

Mas, mesmo que o tamanho do soberano agora fosse quase microscópico, seu exército de seídas continuava do tamanho humano. Os guerreiros começaram a desembainhar suas espadas lentamente.

Darkos desatou Arthur, que, pressentindo a ameaça, agarrou o punho da espada mágica. Ele respirou profundamente e puxou. A espada saiu do chão tão fácil como quando havia sido enfiada ali. Arthur e Darkos se colocaram um de cada lado de Arquibaldo para protegê-lo. A luta parecia inevitável, e não poderíamos deixar de ficar preocupados com nossos três heróis, certamente corajosos, mas rodeados por cerca de cem seídas que eram tão bobos quanto maus.

A rainha das abelhas colocou-se na frente de Arthur.

– Estou aqui! – gritou Selenia, agitando os braços.

O rosto de Arthur iluminou-se. Que felicidade rever sua princesa! Ele bem que teria saltado no pescoço dela se tivesse o tamanho certo. Mas, naquela situação, ele a amassaria como se fosse uma folha. Selenia também teria gostado de se jogar nos braços de Arthur, mas teria de esperar. Ela se limitou a mandar um beijo enorme para ele. Arthur recebeu-o bem no meio do rosto e ficou vermelho como um tomate maduro.

Ele retribuiu com um beijinho minúsculo, que inundou Selenia como uma correnteza de amor.

No entanto, o momento não era adequado para gorjeios primaveris, mas sim para a guerra, que se anunciava tão cruel como o inverno. Os seídas formaram vários círculos em volta dos resistentes, círculos que começaram a se apertar como uma chave de grifo em volta de nossos heróis. De repente, ouviu-se um barulho abafado, um ronco baixinho que fazia vibrar o chão. Um exército inteiro entrou na cidade.

O comandante dos bombeiros havia feito um bom trabalho. Ele avisara o quartel vizinho e, considerando a quantidade de material bélico que o acompanhava, ele devia ter acrescentado algumas coisinhas quando descrevera Maltazard. Havia dois tanques de ataque, quatro metralhadoras automáticas e cerca de uma dezena de caminhões carregados de militares.

Como se estivessem em um campo de batalha, o 13º Batalhão espalhou-se imediatamente pela cidade. Os seídas ficaram muito impressionados e sem muita coragem para enfrentar aquele exército. E, como a covardia não era um defeito exclusivo de Maltazard, eles decidiram decolar rapidinho, desaparecendo para sempre.

Em poucos segundos, o céu tornou a ficar azul, e um raio de sol veio cuidar das feridas daquela pobre cidadezinha, que havia sido atingida por uma guerra tão repentina quanto estúpida. Ordens foram dadas de todos os lados, mas os militares estavam um pouco sem saber o que fazer, porque não havia mais nem um inimigo para combater e ninguém para salvar.

Três grandes carros chegaram à cidade, e uma revoada de repórteres espalhou-se por todos os lados.

Darkos estava feliz, pois havia participado ativamente na libertação da cidade, mas também estava um pouco preocupado. Agora ele era o único que não pertencia àquele mundo, e seu tamanho impressionante e o cocuruto com as lâminas afiadas poderiam despertar fortes suspeitas sobre ele.

— Venha! Precisamos esconder você! — apressou-o Arthur, que logo entendera a situação.

Ele puxou Darkos pela manga da camisa e arrastou-o correndo para a loja mais próxima. Era uma loja de antiguidades, a única que fora poupada durante o ataque dos seídas. Arthur vasculhou no meio das velharias até encontrar uma grande capa preta bordada de fios de seda. Ele a jogou por cima dos ombros de Darkos.

— Fique escondido aqui enquanto conto sua história para a polícia — disse o menino.

— A polícia? — perguntou Darkos, preocupado.

— É, a polícia. Vou explicar que você nos ajudou e que sem você nunca teríamos conseguido nos livrar daqueles malditos seídas.

— Você não prefere que eu mesmo explique? — propôs o guerreiro, muito gentil.

— Não é uma boa idéia. Quando virem sua cara... eles são capazes de mandar você para o zoológico.

— Ah! — respondeu Darkos, aceitando a explicação sem discutir, mas morrendo de vontade de perguntar o que era um zoológico.

— Esconda-se, eu volto já — disse Arthur, e saiu da loja.

Darkos ficou imóvel, sem saber o que fazer, com a grande capa pendurada nos ombros. O sininho da porta da entrada tocou. Um homem apareceu. Era um repórter. Provavelmente vira duas silhuetas entrar na loja e apenas uma sair (o que era suficiente para deixar uma doninha intrigada). O homem era magro, devia ter cerca de 25 anos e usava uma barba em forma de um pequeno colar em volta do queixo. Seus olhos eram claros e espertos, e ele parecia decidido a encontrar uma resposta para aquele enigma.

— Tem alguém aí? — perguntou como quem não quer nada, mas certamente esperando uma resposta.

Darkos ficou apavorado. Se alguém o visse, ele acabaria no zoológico e, mesmo não sabendo do que se tratava, ele desconfiava que não era um lugar onde gostaria de passar as férias. Ele pegou uma máscara africana toda preta e colocou-a no rosto.

O jovem jornalista deu a volta por um móvel e viu aquela massa gigantesca disfarçada debaixo de uma grande capa e de uma espécie de capacete de onde saía uma voz abafada. Com aquele capacete preto, a grande capa preta e aquela voz esquisita, ele parecia um personagem de ficção científica. Darkos não se moveu, mas começou a respirar como uma locomotiva. O repórter estava um pouco nervoso, mas a curiosidade era mais forte.

– Desculpe incomodá-lo, senhor, sou um repórter e gostaria de lhe fazer algumas perguntas.

Darkos não respondeu, mas começou a arfar como um touro.

O jornalista tirou seu caderninho de notas bem devagar, tomando o cuidado de não fazer nenhum gesto brusco.

– Os moradores me disseram que o diabo estava no meio da praça e que ele encolheu de repente até desaparecer. O senhor confirma esses fatos?

Darkos continuou em silêncio, mas sua respiração ficou mais lenta, mais calma.

– O senhor sabe quem era? O conhecia?

Darkos hesitou, respirou forte mais uma vez e respondeu com uma voz do além-túmulo:

– ... eu sou filho dele!

O jornalista ficou boquiaberto. Aquela imagem incrível o deixara fascinado. Um monstro de dois metros e sessenta falando de suas relações com o pai era algo que inspiraria qualquer um. O repórter estava encantado. Ele tirou um cartão de visitas bem devagar do bolso e estendeu-o para Darkos.

– Tome, é meu cartão. Eu queria saber mais a seu respeito. Procure-me se um dia quiser me contar sua história. Sou jornalista, mas também escrevo roteiros para o cinema. Tenho certeza de que poderíamos fazer um bom filme sobre sua história.

Darkos pegou o cartão de visitas com a ponta dos dedos. O repórter sorriu e recuou alguns passos.

– Telefone quando quiser – disse e saiu da loja.

Darkos ficou alguns instantes onde estava. Tanta civilidade e boa educação o perturbaram. Mas teria de se acostumar a isso. Ele olhou para o cartão de visitas, que dizia: "G. Lucas. Cineasta".

Mas Darkos não sabia ler. O que era uma pena. Ele jogou o cartão de visitas por cima do ombro e foi se esconder em um canto escuro.

capítulo 20

Um clamor elevou-se por cima da longa mesa. Gritos de alegria receberam Margarida, que acabara de entrar na sala trazendo um enorme bolo de chocolate. Arquibaldo também aplaudiu, e os bogo-matassalais, que estavam sentados em volta da mesa muito comportados, se juntaram a ele. Emocionada, Rosa suspirou profundamente. Ela admirava tanto a mãe e sua capacidade de servir à mesa com dez dedos, utilizando-os todos ao mesmo tempo.

– Um dia você também vai conseguir – cochichou o marido, para tranqüilizá-la.

Rosa sorriu para Francis, mas ela não tinha nenhuma ilusão a respeito. Fazia vinte anos que ela tentava acertar a receita daquele bolo famoso e nunca conseguira. Naquele dia mesmo, ela acompanhara todas as etapas do preparo, tão grudada à mãe, que os óculos haviam caído dentro da massa do bolo. O tempo que levara para limpá-los e voltar para junto de

Margarida havia sido o suficiente para Rosa perder uma etapa e a continuidade da receita.

Francis acariciou o rosto da esposa.

– Pelo menos você não se cortou, e isso é o mais importante.

Rosa lançou um olhar furioso para ele. Ela não gostava que se falasse de suas desventuras, principalmente na frente de convidados.

– Parece ótimo! – disse o tenente Martim Baltimore, para mudar de assunto.

– A julgar pelo cheiro, deve ser uma obra-prima – confirmou o comandante dos bombeiros, feliz de poder fazer um elogio.

Todo aquele mundinho começou a rir agradavelmente. Todos estavam muito felizes que a aventura tivesse terminado bem e de poderem aproveitar aquela paz reencontrada.

Margarida cortou o bolo com o máximo cuidado. Parecia que ela queria cortar fatias perfeitamente iguais, mas, na verdade, ela estava mais preocupada em estragar o menos possível sua criação. Ela sabia perfeitamente que o bolo seria devorado e que terminaria no fundo das barrigas, mas ela sempre tinha um imenso prazer em mantê-lo bem bonito até o final. O bolo havia sido realmente um sucesso: ele brilhava em mil centelhas com sua cobertura de chocolate e os confeitos brancos em volta. Todos estavam com água na boca, e o aroma dos pratos com as fatias do bolo que davam a volta pela mesa aguçavam o olfato.

Rosa ia colocar a primeira fatia na frente de seu vizinho, mas a cadeira estava vazia.

– Arthur! Vem! Vovó serviu o bolo! – chamou Rosa, olhando para todos os lados, porque ela realmente não sabia onde estava o filho.

– Passe para seu vizinho – pediu Margarida. – Arthur vai ganhar um pedaço especial.

O pedaço seguinte de bolo que Margarida colocou em cima de um prato era o dobro dos outros. Mas seu neto-herói mereceria muito mais, porque sem ele todas aquelas pessoas não estariam reunidas em volta da mesa se divertindo, comendo, conversando, refazendo o mundo que ele salvara. Margarida pegou o belo prato, deu a volta na mesa e foi até a janela. Como fazem todas as crianças quando os adultos estão comendo (o que parece não terminar nunca), Arthur estava brincando.

– Toma – disse gentilmente sua avó, colocando o prato no chão.

– Não! Aqui não! Você está bem no meio do circuito – gritou o neto.

– Ah! Desculpe! Eu não sei onde estava com a cabeça quando coloquei esse pedaço de bolo de chocolate bem no meio da competição.

– Bolo de chocolate?! – exclamou Arthur, como se tivesse sido atraído pelo cheiro e acordasse de repente de seu devaneio.

O menino pegou o prato e começou a devorar o pedaço de bolo. Margarida nem se deu ao trabalho de reclamar para que comesse direito. Ela sabia que o neto responderia "Sim, sim" e que se lambuzaria todo de chocolate, de uma orelha a outra, e que mais cedo ou mais tarde sua camiseta serviria de guardanapo. Ela sorriu para o neto, passou a mão carinhosamente em seu cabelo e voltou para a mesa dos adultos.

Arthur estava com a boca cheia de chocolate, e os dedos também. O que não o impediu de pegar o canivete suíço, já que os suíços sempre se deram muito bem com o chocolate. Ele apertou a função "faca" e cortou um pedacinho da fatia do bolo. Um pedaço bem pequeno para que coubesse na caçamba do famoso guindaste amarelo, que, excepcionalmente, recebera a autorização para sair do quarto e ficar na sala.

Arthur acionou o mecanismo, e o braço começou a girar para fora da janela. Ele empurrou uma segunda alavanca, e a pequena caçamba começou a descer na direção do caminho que contornava a casa.

Para recebê-la, lá fora havia um jipe em miniatura que parecia aguardar a carga. A caçamba pousou no chão, ao lado do jipe. Darkos tirou o enorme pedaço de bolo e colocou-o na traseira do veículo.

Arthur apareceu na janela.

– Entrega especial! Princesa Selenia! – sussurrou.

Darkos fez uma continência para indicar que entendera a mensagem.

– Às suas ordens, chefe! – disse, saltando dentro do carro.

O pequeno jipe partiu, desceu correndo os três degraus que davam para a varanda e desapareceu no meio do capim.

Um cano emergia do chão alguns metros mais adiante, provavelmente um resto do antigo sistema de irrigação de Arquibaldo. Darkos entrou a toda a velocidade pelo cano e foi engolido por ele como uma locomotiva dentro de um túnel.

Os guardas reais mal tiveram tempo de abrir o portão da aldeia. Darkos passou por eles feito um foguete com sua máquina infernal. Ele deu um golpe de direção violento e parou depois de uma derrapagem controlada magnífica, levantando uma onda enorme de poeira que se espalhou em cima do rei e seus dignitários.

– Entrega especial! – gritou com um prazer enorme, sem perceber que ele acabara de estragar 25 vestimentas oficiais de uma vez só.

– E que mensagem tão importante é essa para que você perturbe nossa assembléia da diretoria? – perguntou rei Maximiliano, limpando a poeira da roupa.

– Não é para o senhor, é para Selenia! – respondeu Darkos, sorrindo de uma ponta da orelha à outra.

Darkos deu um pontapé na porta de uma pequena casa. Selenia assustou-se. Nada mais normal, porque aquela era sua casa. Darkos ainda tinha muito para aprender, principalmente boas maneiras, mas desta vez ele seria perdoado, porque chegara com um pedaço enorme de bolo.

– Foi Arthur que mandou – informou alegremente, colocando o presente em cima da mesa.

Os belos olhos de Selenia cintilaram como mil estrelas, como sempre acontecia quando seu príncipe pensava nela.

– Eu nunca vou conseguiu comer tudo isso! – exclamou a princesa, assustada com o tamanho do bolo.

– Se você quiser eu ajudo – propôs Betamecha, que acabara de aparecer na soleira da porta.

Selenia respondeu a seu irmãozinho em tom de brincadeira:

– Fico muito tocada com sua solicitude, Betamecha, e me alegro ao saber que você está sendo tão caridoso.

– Devemos sempre ajudar quando é preciso – respondeu o irmão, sentando-se imediatamente na frente do bolo.

– Darkos, corte isso em três pedaços!

– Com prazer – respondeu o guerreiro.

Ele pegou uma das lâminas do cocuruto e dividiu o pedaço de bolo em três partes iguais. Betamecha pegou seu canivete, acionou uma das múltiplas funções e tirou da mochila uma bela licrapeta branquíssima e fresquíssima. As licrapetas eram frutas cujo gosto era semelhante às lichias da China e que tinham uma aparência tão bonita como as pérolas dos oceanos. Para protegê-las melhor das intempéries, a natureza as dotara de cergos, uma espécie de casca alaranjada muito fina, mas extremamente forte, que cobria completamente as frutinhas.

Betamecha pegou o canivete – que, naquele caso, havia sido transformado em um vempilo-cergolicra-peto. O jovem príncipe botou a língua para fora (um sinal de que estava concentradíssimo), enfiou o objeto debaixo da casca da fruta e vempilou-o, isto é, encheu de ar a pele dupla até ela se soltar e ficar parecendo com uma pequena tigela de porcelana transparente. Betamecha pegou seu pedaço de bolo e colocou-o dentro de sua nova tigela.

– Que pena que Arthur não esteja aqui – disse Betamecha. – Ele teria entendido para que serve um vempilo-cergolicrapeto.

Selenia preferiu não responder para não ficar emocionada outra vez. Ainda faltavam dez luas até Arthur poder voltar, e era melhor que não começasse a chorar já.

A princesa pegou seu pedaço de bolo e levantou-se.

– A Arthur! – brindou com uma pontinha de saudade no fundo da voz.

Betamecha e Darkos também ergueram um braço e brindaram:

– A Arthur! – responderam os dois em coro.

Os três gulosos começaram a devorar o bolo, e podemos apostar tranqüilamente que, assim como Arthur, logo ficaram lambuzados de chocolate até as orelhas.

Margarida abriu a porta do armário e pegou um vidro hermético onde costumava guardar os pepinos em conversa. O vidro estava quase vazio. Para sermos mais exatos restava apenas um minúsculo pepino, e ele se chamava Maltazard. Margarida olhou para aquela criaturinha através do vidro. Ela se perguntou mais uma vez como um corpo tão pequeno podia conter tanta malvadeza.

Maltazard estava apavorado no fundo do bocal, como sempre acontecia quando o seguravam assim. Margarida abriu o recipiente com mão forte e deu uma olhada no interior. Maltazard entendeu perfeitamente o que uma pessoa sente quando está no lugar de uma guloseima.

– Não me coma! – suplicou o antigo soberano, suando por todos os poros.

Margarida deu de ombros.

– Isso nem me passou pela cabeça. Eu teria medo de ficar com dor de barriga.

Ao ouvir aquelas boas palavras, Maltazard relaxou um pouco.

– E a que devo a honra de sua visita? – perguntou com uma polidez inútil.

– É domingo!

– O quê... é mesmo? – disse Maltazard, que não entendera nada.

– Prometi a você que lhe daria uma coisa todos os domingos, e no nosso mundo sempre cumprimos nossas promessas!

Margarida mostrou o pedaço de bolo de chocolate que ela segurava entre os dedos e deixou-o cair dentro do bocal. Maltazard olhou para aquele bolo que vinha em sua direção como um piano caindo de um avião. O pedaço de bolo explodiu bem no meio da cara de Maltazard e ele ficou coberto de chocolate da cabeça aos pés. Parecia um pardal que acabara de passar em vôo rasante debaixo de uma vaca bem no momento em que ela lançava na terra um pouco mais de seu "adubo".

— Bom apetite! – desejou Margarida, fechando primeiro o bocal, depois a porta do armário, devolvendo Maltazard àquilo que ele conhecia melhor: a escuridão.

***

***

1ª edição Agosto de 2007 | **Diagramação** Pólen Editorial
Fonte Agaramond 12/17 | **Papel** Pólen Soft
Impressão e acabamento Yangraf